ソ連抑留者の音楽人生

Moderato ゆったりと情緒をこめて
mf
かーわは ーいしかり こおりばーーー し
mp
とーける ーうわさーに ばそりもゆ れー て
f
ゆーれる ーばそりにゃ はなよめご りょー う
mp
さーいて ーみおくる ねこやーな ぎ
f
はーるの ーえべおーつ よいとこーーー ろ

編著
森本幹夫
森本えみ子

文芸社

はじめに（刊行の経緯）

この本は、昭和六十一年に『森本幹夫著作集』として父の音楽仲間が作成した冊子が元になっています。その当時の「序文」と「編集にあたって」（抜粋）を紹介します。

「序文」

この度、音楽仲間が森本先生の残された音楽の貴重な文献や随想、郷土に尽くされた数々の記録をまとめ、その出版を見るに至ったことは、いたく感激に堪えない次第である。森本先生は，『楽報』[*1]の創刊年以来亡くなられるまで毎号執筆され、空知の音楽仲間へ極めて適切な指導をされ、また、郷土誌として評価の高い『ゆうべおっと』[*2]についても、創刊号から編集を一手に引き受け貴重な文章をふるっておられたことは、忘れられない。それが本書に再びほうふつされて、その面影を見る事は感無量のものがある。（奈良熊十郎氏）

「編集にあたって」

生前から、著書の発刊をお推めしておりましたが、森本先生はなかなか着手しようとされなかった。

他の人の為なら夜を徹してでも頑張る先生だが、いざご自身のこととなると、いつも後回しにされ、そういう余裕があればすぐ地域の文化活動に専念されていました。先生のご功績の一部ではありますが、この中から在りし日の先生を追想していただければ幸いです。（村井俊博氏）

＊1『楽報』中空知音楽教育研究会のサークル誌
＊2『ゆうべおっと』郷土文芸誌（タイトルはアイヌ語で冷鉱泉の湧き出るところの意）

原本にはまだ多くの文章が残っていますが、内容が重複している箇所もあり、また紙面の都合上で割愛しました。このたび、関係者の皆様のみならず多くの人に発信することにした理由の一つは、父の戦争体験談を伝えたかったからです。戦後八十年を迎えようとするこの時期に刊行できることは意義深いものと思います。

本書掲載の父の手記には、青春時代の貴重な十年間を遠い戦地で過ごし、終戦後の三年間はソ連に抑留され幾多の苦難を乗り越え、栄養失調で帰還するまでのことが書かれています。戦地での体験を物語にして語ってくれたことはありましたが、実際の戦争体験を読むとどんなに辛い体験だったかがわかります。父が残した文章で知ることができたのです。

これはぜひ次世代の人々に伝えなくては、そして、平和の大切さを訴えたいと思いました。冊子を発行してくださった関係者の皆様、本文にお名前が出てくる皆様に感謝を込めてこの本を捧げたいと思います。また、作曲碑の建立、父の作曲した曲の「作品演奏会」開催なども中心になって動いてくださった村井俊博氏は、昨年八月に父のいるところへ旅立ちました。あちらで父と盃を交わしながら喜んでいることでしょう。合掌

二〇二四年一月

森本えみ子

目次

第一章　自分史ノート

ある田舎教師の遍歴

月琴（げっきん）に親しむ父

私の父は、和歌山県から屯田兵を志願して渡道（明治二十七年）、日清・日露の戦役に出征後、薬種商の免許を取って、江部乙（札幌―旭川のほぼ中間）駅前で薬舗を開業した。父は少年時、漢学塾に通ったとかで、漢詩を作り、書に親しみ、剣舞が得意の上に、店はしっかり者の母に任せて暇さえあれば月琴を奏していた。

月琴は、中国宋代（九六〇～一二七八年）以後に出現した楽器で、月形の胴を持ち、音が琴に似ている。胴は桐材を使い、直径三十四センチメートル、厚さ九センチメートルくらい。中に音の違う幾つかの鈴が仕掛けてあって、胴を振ると賑やかな音を出す。四弦、十三柱（竹製）。日本には江戸から明治にかけて渡来したものである。

父はこれを、詩吟や剣舞の伴奏によく使っていた。大正四年、七人兄弟の末っ子として生まれた私も、幼時、家庭では唯一の楽器であった月琴を玩具にしてよく遊んだことを昨日のことのようにおぼえている。げに、優雅なる父、また心優しき父ではあった。

幹夫の生家、薬舗森本博愛堂

幼少の頃

小学校時代には、ハーモニカ・明笛（みんてき）・大正琴・バイオリンが流行していた。九歳上の兄がこれらの楽器をひと通り持っていて、私は兄の目を盗んで探り弾きをして楽しんだが、このことは、私の音楽への開眼のきっかけともなったようである。

バイオリンなどは、大日本家庭音楽会（福岡市）発行の『ヴァヰオリン講義録』（通信教授）で独習した。この会からは、バイオリン譜として第一号になる「六段の調」をはじめとして、地唄端唄などの邦楽用のものが多く刊行され、琴・三味線・尺八とも合奏できるようになっていた。

大正初期のことである。譜も、「譜本」（邦楽）、「略譜」（数字譜で、ハーモニカ・大正琴などはこれによる）、「西洋楽譜」（本譜）

とあり、それぞれの楽譜が、右の会はじめ、東京の「シンフォニー楽譜」、「十字屋」といった出版社から発行されていた。ちなみに、「春雨・かっぽれ」の二曲で二十銭、「ドナウ河のさざなみ」のように長いものは五十銭見当であった。

ともかく私は、本譜でバイオリンが弾けるようになり音楽仲間と合奏もでき、いささか得意であった。かの活動写真のスクリーンの裏とか横で演奏したこともある。

中学になってからは、陸上競技や柔道に熱を入れる一方で、バイオリンを具（とも）とした私の音楽遍歴はますます多彩なものになってゆく。

流行歌の新譜が出ると早速に入手。バイオリンで歌を覚えると、夏なら校庭の草原で、冬であれば昼食後のひととき、ダルマストーブを囲んで披露サービスをする。四年生のときの卒業送別会では、「独りオーケストラ」なる離れ業を演じて場内をあっと言わせ、後の語り草となった、などというエピソードも。

ときは大正から昭和に移っていて、流行歌も世につれて、今でも懐（なつ）メロとして人々からなつかしがられている曲が次々とレコード化して発売され、はやりすたりを繰り返すようになっていた（当時、レコードは一円五十銭もした。学校の授業料が四円五十銭だった頃である）。

音楽の授業はなく、音楽室もない。そんな学校の理科室を借りて、学期ごとに二、三回のレコード・コンサートを開いた思い出も忘れられない。英語のS先生が顧問で、レコードは専ら、先生のをはじめ、生徒が秘蔵品を持ちよった。ゼンマイ式の手廻し蓄音機で、ベートーヴェンの「運命」などは六、七回中断してゼンマイを巻き、針を取り替えるのであるから、係は大忙しだ。しかし、それが当然で誰も文句なし。曲目のほうは、さすがに流行歌は入れず、二、三の小品と、コンチェルトやシンフォニーの名曲をプログラムに並べたから、みんな真剣に聴いてくれた。

奇妙な編成であったが、アンサンブル活動もした。そんなこんなの、音楽にまつわるさまざまな光景が、今も鮮やかによみがえって、回想はつきない。

受験のはざまで

卒業学年を迎えて、私の音楽熱はいよいよ高まり、ついに音楽学校受験を決意する。ところが事はそう簡単ではない。「大の男が音楽ごときを職業とするものではない」というのが当時の観念で、趣味でならともかく、これを職とするなど道楽者のやることだ、ぐらいにしか見てもらえなかったのである。

音楽学校へ行きたいなどとは親にも言えない。まして、一般家庭にはないオルガンを買ってほしいなどとは、とてもとても……。そこで私は、ひそかに準備を始めたのである。

バイオリンの練習はもちろんであるが、母校の小学校へ通ってオルガンを借り、夜遅くまで練習に身を入れた。幸い、夜だけ使用を許可してくれたからだが、児童がオルガンにさわっただけで叱られ、立たされた時代であったことを思うと、破格の扱いをしてくれたように思う。

その夜は宿直の先生に断り、電灯とてない教室のオルガンを、なんと自転車用の懐中電灯の明かりで弾いたのである。満月の前後には、まさに月の光、そして冬の雪の夜はそのうす明かりを借りて弾いた。螢の光こそなかったものの、いわば螢雪の時代を、私はオルガンやバイオリンの研鑽（けんさん）を通じて味わったのである。

冬期の、火の気のない板張り教室の突き刺すような寒さ、冷たさ。かじかむ指に息をかけかけ、こすりこすりしながらオルガンに向かった数え切れぬほどの宵のこと。マントを頭からかぶり、震えながらキーを押しつづけた極寒の夜のこと。私にとってそれは、かけがえのない青春の一コマ一コマであった。

しかし、そうした私のひそかな行動は、やがて親の知るところとなり、大きな課題、難題を言い渡されてしまう。

長兄宅にて

親は、私のただごとでない行動（ひそかなる音楽学校受験準備）をいぶかり、中学校卒業近くなると、四月に開校予定の薬学校はどうかとしきりに勧めるのだった。そう言われてもその年の受験はとてもムリ。行くなら来年である。準備不足と、そんなあおりをくって音楽学校のほうも現役受験はあきらめざるを得なくなってしまった。

さりとて音楽学校へは入りたい。一方で親の意にも背き難い。私は悶々（もんもん）としたあげく、双方かけての受験を決意したのである。どちらか一方にしぼったところで入試突破は至難の業と言えた。ましてこの二兎を追うことなど到底ムリ。

しかし、そうするしかなかった。思いつめ、はりつめた気持ちでこの二つの部門の勉強に着手する。いわば悲壮ともいえる浪人生活に突入したのである。とはいえ不安や焦りにとりつかれ、束の間の自信喪失感を味わったことも幾度あったか。疲れもし、悩みもした。

そのようなとき、ふと長兄のことが頭に浮かんだ。私より十五も年上のその兄は、当時、東京の世田谷で薬局をしながら小説を書いていた。なにか納得のゆくアドバイスを受けられるかもしれぬ。思い立ったらじっとしていられず、気晴らしもかねて上京してしまったのである。

夏の終わり頃のことであった。ところがその頃、兄は病気の養生をしていて、東京見物の案内はおろか、期待して行った、心にひびく忠告さえもしてもらえなかった。

ただ、私の現況を聞いた上で、「つまりは、自分のことは自分で決めよ。決めたら一筋に進み、後悔せず、ということだ」と平凡ながらきちんと応じてくれた言葉は、後になって私を支えてくれることになる。

（後悔したくないから相談する気になったのに）とそのときはしかし、物足りなさを通りこして、不親切で冷たい感じすら長兄に抱いてしまったものだ。その上、せっかく来てくれたのだから、というので、今までやったこともない障子の張りかえを任せられたり、うんざりするほどの雑用を仰せつかったり、大忙しときた。

なんだか空しくなってきて、あれほど張りつめていた決意にかげりが出はじめる。これではならじと、暇をみて、音楽学校めぐりを試み、それによって再び向学の血をたぎらせようとしたのだが……。

柔道と整骨師

とある音楽学校をたずねたときのこと。校舎をめぐり歩きしてみると、その喧噪ぶりにおどろいた。音楽の学校なのだから音にびっくりしていては話にもならないわけであるが、実際に、あちこちから聞こえる金切り声のようなハイソプラノの発声練習や、ピアノ・管楽器類のつんざくばかりの音響を知ったとき、羨望を通りこして度肝（どぎも）をぬかれてしまったのである。

長兄はその言葉のように、自らの意志を貫くべく、家をも飛び出し、苦学の果てに生活の道を拓いてきた。しかし情けないことに自分にはその気魄（きはく）が存外と薄かったことがわかってくる。死にもの狂いのはずだった両刀使いの受験勉強も、皮肉なことに兄のところへ行った頃からその切っ先が次第に鈍りはじめる。

そのような折、医者の義兄の奨めるのには、

「音楽をやるのも薬学を修めるのも結構だが、君にはもう一つ柔道という特技がある。講道館三段なら立派なもの。いや、柔道そのものをきわめることをすすめるのではない。それと関連のある医術、つまり整骨師をめざしてみたらどうかということだよ」と。

言われてみるとなるほどそれも一つの道だとは思える。前項でもふれたように、私は中学時代、音楽のほかにも陸上競技や柔道に相応の熱を入れてきたし、そこそこの実績もあったのだから、これが役に立てば、それはそれでよかろう。

けれど、もともと柔道などは、「音楽をやる若者(わかもん)は、軟弱な道楽者」という世間のそしりをさけるためのものだったし、よく考えてみると、自分が整骨師になるつもりは、さらさらなかったのである。ただ、父は日頃、「文武両道」を唱え、柔道の練習中はいつも土瓶で、朝鮮人参や精のつく漢方薬をせんじてくれたり、私が公式試合で好成績でもあげて帰ると、相好を崩して小遣いをはずんでくれたりした。だから私が整骨師と柔道の二股でもかけて励んだのなら、それこそ父などは喜んで応援してくれたのかもしれない。

あれもだめ、これも思うにまかせぬとあって再び悩みぬいた結果、「こんなことなら、学校の先生になろう。これなら日日音楽とともに生活できそうだ」との決意に達し、ひそかに教員志望の手続きをしたのであった（代用教員への道が旧制中学卒業後に開かれていた）。

初赴任の日

突然の採用通知が空知支庁から舞いこんだのは三月末のことであった。薬屋の手伝いをさせるつもりでいた親はびっくりして「これはなんじゃ」といぶかったが、説得これ努めてみると意外にあっさり賛成してくれ、私は晴れて代用教員になることができたのである。

勤務校は、函館本線の滝川駅から二十四キロメートルもある山奥の僻地、新十津川村南幌加の小学校。当時は交通の便がなく、知らない道を徒歩で行くより仕方がなかった。

滝川の街は、すっかり雪もとけて、馬糞風が舞いあがる陽気の日。私は鳥打ち帽に学生服、リュックサックに運動靴といういでたちで、心も軽く江部乙駅を出発した。

滝川から一時間ほど歩いて峠を越すと、春めいた陽気はどこへやら、冬景色に一変し、横なぐりに吹きつける猛吹雪となった。朝八時に出て、昼近くになると、かすかに学校が見えてきた。「やれやれ」と、民家の人に尋ねると、「南幌加の学校ならあれでなく、この先の吉野町を越してその先や。そうやなあ、今まで歩いたぐらいはありますやろな」との返事。げんなりであった。

帽子のひさしからは、ベタ雪が雫となって流れ落ち、全身汗と雪で濡れねずみになっていたが、勇気をふるいおこし、時折通る馬橇の轍を探し、一歩、一歩、漕ぐようにして夢中で歩いた。

昼過ぎ、やっとのことで吉野町にたどり着く。弁当を食べる店をさがしていると、「あんたさんは、森本先生じゃなかですか」と丁重な声。なんと赴任校の保護者会の役員さんが馬橇で出迎えてくれたのだ。疲れきった私は涙が出るほどうれしかった。

馬橇は快適だった。が、汗がひくと今度は寒けがきつく、その辛抱は大変だった。やがて点

江部乙、リンゴ箱を運ぶ馬橇

在する民家からランプの灯りが見えはじめた頃、雪の中から屋根だけ見える学校が現れた。吉野町からでも七キロメートルはあったのだ。

その夜、校長宅で、校長家族、保護者会役員の心のこもった大歓待を受けて、「十八の若僧でも、今日から社会人になったのかな」と、ひとしおの感激にひたった。

校長宅の寝床にあって見つめたランプの灯りは、なにか運命的なものを暗示しているかのように思えた。長かった一日。それは私の新たな人生の旅立ちの日でもあった。

歓迎会

翌朝、幌加小学校全児童六十二名が一教室に集合して、新任式が行われた。式が進み、児童代表の歓迎の言葉を聞くに至り、私の感激度は高まって、挨拶のため壇上に立ったときは上気のせいか最初の言葉を思い出すのにも苦労したほどであった。

しかし、しどろもどろながら感想を述べるうちに、落ち着いてきて、率直さを取りもどし、最後に「これから仲良く勉強しましょう!」と、元気よく頭を下げると、子どもたちはニコニコ頷いてくれた。

その夜、集落会長、保護者会の役員さんが大勢集まって、歓迎会を開いてくれた。教室いっぱいに机をコの字にひろげ、上座に案内された私は、それこそ龍宮城で接待されているような気分であった。

大きな山女（やまめ）（清流の魚）料理を前に、二合徳利で、盃は陸海軍旗のついた除隊記念品の大きいのに、なみなみと、次々につがれる。面くらったが、自分のための歓迎宴、杯を受けぬわけにはいかない。そのうちに座がくつろぎ、話し声も大きく賑やかになった頃、どうにも酒に耐えられなくなってしまった。悪酔いである。

「中座をしてもいいでしょうか」

青い顔をして校長に伺いをたてると、

「わしも酒はダメなんだが、酒席のつきあいは平気なんだ。しかし、まあ遠慮しないで、礼を言って引き上げなさい」

と鷹揚（おうよう）であった。そのとおり礼を述べると、

「先生、歌を一つ歌ってからだ」

と声がかかったので、はいそれでは、と〝丘を越えて〟を歌うと、皆は手拍子を打って唱和した。頭を下げながら退席すると、

「先生、頼みますよ！」の連呼と拍手が背に。私はもったいないことだと思い、また明日からの責任の重さを痛感したことであった。

その朝、児童が私を迎えて喜んでくれたのにはわけがあったのだ。校長の話によると、「前の先生はお気の毒に病弱のため、授業がままならない。子どもの好きな音楽や体操もつい遊ばせるだけに終わり、先生自身気にしておられたようだ。お年寄りでもあったしね。そこへいくとあんたは若くて元気そうだ。大いに期待できると、みんなで喜んでいるところだよ」とのことであった。

一年間の思い出

道路の雪もほぼ消えた頃、寝具や炊事道具が馬車便で届いた。お世話になっていた校長宅を出て、その隣の住宅に移ることになる。二部屋の畳も障子も新しくなっていて気持ちよかったが、消毒の強烈なにおいには辟易（へきえき）した。転居された先生の奥さんが、どうも肺を病んでいたらしく、役場で特別に消毒したもののようだ。

日ましに児童の個性がわかって、どの子も可愛くなり、工夫して独創的に授業を展開することに興味が湧き、複式二学級ながら学校諸行事は大きな学校並み、などというのも面白く楽し

かった。

六月に入って校庭も乾き、児童・父母、卒業生総出の大運動会が催された。なにせ総出演であるから、種目も多彩で、少人数の児童の出る回数が多いから、くたくたにはなるものの、どの顔も満足そうであった。終わってからの大人たちによる慰労会がまた盛会をきわめ、まことに和気あいあいの一日となった。

日頃、早暁から日没まで、きつい農作業をしているここの人たちは、学校や集落の祭行事を楽しみにし、また大事にしていた。学校は集落の集会所であり、慰安の場でもあるので、学校のことならなんでも当然のごとく積極的に協力してくれていたのである。

僻地で、校長とふたりだけの生活を続けた教員一年生。なにもかもが初体験であり、一つ一つが鮮烈な印象を付されて、思い出のアルバムを埋めていった。

自転車にも乗れず、給料支給日の前日、一泊二日の予定で、二十四キロメートルある砂利道を村役場まで徒歩で出かけるという、まことに律義な校長のこと。

住宅の屋根裏に大きな青大将が棲みこんでいて、暖気になると移動する音に悩まされたりしたこと。

親しくなった青年がよく遊びにきていたが、夜半に、狐の嫁入りなる提灯の行列を一度ならず一緒に見たこと。

彼と夜を徹して語り合い、明け方三時頃か、玄関前まで見送った後、用を足していると、眼前の畑で、なんと大きな熊の親子が悠々と、トウキビを食べているのに気づき、きもを冷やしたこと。

その青年に、畳なしの教室で、作業衣に帯をしめ、柔道を教えたこと。

たまたま全村青年団大運動会に、短距離選手として出場し、百と二百メートルの記録タイムを作ったこと（そのタイムは、戦後三十年頃まで更新されなかったという）。

運動会といえば、滝川近くのグラウンドで、全村小学校選手の運動会があって、選手を引率したが、黒煙をはいて走る汽車を珍しがり、一驚したこと（空飛ぶ飛行機は、校庭でよく眺めることができた）。

集落の人の陰口は、ほとんどの家が親戚関係になっているので、うっかり話題にできない事情など、忘れ難い。

しかし私は、学校生活にも慣れ、児童と仲良くなり、信頼もされ、また皆に親切にされてお世話にもなりながら、まことに申し訳のないことであったが、この学校とは一年足らずで別れ、転任することになったのである。

別離

理由を一口でいえば、ここにいてはなにより音楽の勉強ができず、向上のない生活のマンネリ化に悩みはじめたということにつきる。たしかにロマンはあった。しかし、放課後、小さな古ぼけたオルガンでの練習と、ひまをみてバイオリンを弾くのが勉強といえばいえるのだが、それとて畑仕事に汗を流している人たちのことを思うと気が引けてならず、夜は夜で、毎晩のように遊びにくる青年諸君への応対で、自分の時間が思うように取れない。

それに、ラジオもなければ蓄音機もないから音楽を聴くこともできず、札幌や滝川に聴きたい音楽会があってもおいそれと出かけられる環境でもない。いわば陸の孤島でのないないづくしの生活に希望がもてなくなってしまった。そんなとき、故郷の小学校でピアノを購入したことを聞き、母校に教員として入りこめば、今度は気がねなく待望のピアノも弾けるし、存分に勉強もできると考えたからである。

別離の日。私は自転車を押して、校庭に整列した児童に別れを告げた。ちぎれんばかりに手を振って名残を惜しんでくれた児童たちの姿が青春の感慨とともに先日のように思い出されるが、もう既に五十年余り経っている。

その後、新十津川町の開基八十周年記念（昭和四十五年）に、私は町から委嘱されて、「新十津川町讃歌」を作曲したが、当時の恩返しが、いささかでもできたようでうれしかった。

そして、このなつかしい幌加小学校は、吉野校に統合されて昭和五十八年七十年の歴史を残して閉校になった。

幼時懐古

私の小学校時代（大正十年～昭和二年）の思い出。今回は乗り物やお菓子について。

自転車

「二つ車で倒れずに、よく走れるものだ」と、時折見かける自転車に乗っている人が曲芸師のように思えてならない頃のこと。義兄が、往診用にと自転車を購入した。このとき、初めて自転車にさわってみた。スタンドで立っている車のペダルを手回しして興奮しているところを撮ってくれた写真が残っている。

紺絣（こんがすり）の着物を着て、下駄履き、いかにも得意然としている写真の裏には、父の手で大正十一年と書かれてあるので、私が小学二年生のときである。

その後、自分の自転車を買ってもらえたのは、通っていた小学校の校舎が全焼して（大正十四年）駅裏の天理教会で分散授業を受けていた五年生の年であった。二十吋（インチ）の赤い子ども用のもの。友だちがまだ誰も持っていないので、うれしくてしょうがない半面、気恥ずかしい思いで乗る練習をした。

毎日、自転車に乗るのが楽しみで、下校時には友だちを誘って帰り、皆で日の暮れるまで乗り合いっこをした。当時の栄楽座前の深い下水溝に転げ落ちて大怪我をしたが、そのときの傷跡はいまだに左脚に残っている。

その頃から自転車は急速に普及しだしたと思う。滝川あたりの用事は、みんな自転車を使った。ひどい砂利道であったので、道路両側の砂利の少ない所を選んで走ったものだった。近所の魚屋さんは、毎日の滝川市場通いに自転車リヤカーを使っていた。その国道で乗用車に遭うことは珍しく、トラックは皆無であったから、荷物は専ら馬車で運搬していた。

註　私の住んでいた江部乙町は、一九七一年に滝川市と合併。札幌まで急行で一時間余の地点で、滝川市との距離は八キロメートルである。

自動車

たまたま自動車の音が聞こえると、なにもかも投げ出して家から飛び出したものだ。そして見えなくなるまで後ろ姿にみとれ、自動車が残して行ったガソリンのにおいを楽しんだ。それは祭の宵、わたあめ屋の周辺に漂うなつかしさであった。

その小学二、三年の頃、「自動車に乗って家族の記念写真を写しませんか」という旅の写真屋が来た。家の店の前で、家族全員が盛装をして、ぎゅうぎゅう詰めで、いい顔をして撮ってもらったことがある。フォード社製のオープン式であったが、ガタガタもいいところ。料金別払いで市街を一回りしてくれるらしかったが、父母は、「そんな、恥ずかしい」とかで、やめたらしい。その大判の写真は、数年たつと赤くなってしまった。

ジャム菓子

「せっかくいただいたお菓子ですけど、今、仏さんから下げて、子どもらと味見をしましたが、なんだか、あんこ、すっぱいのですが――」と母が遠慮しながら言うと、おじさん（滝川・中川文潮堂前の薬屋）は、

「え？　今朝、隣の菓子屋さんから、新しいのをと言うて買うてきたんじゃがな。どれ、わしにも一つ」と試食された。

「こりゃいかん。やめときなはれ。ひどいものを売りくさった。ほかしてつかあさい（捨ててください）。こりゃえろうすまんことをした」と、大きな菓子箱と、残念そうにしている私らを交互に見ては、幾度もなだめ詫びた。

　お盆近くのその日の午後、義兄が往診の帰り、汗を拭きながら立ち寄ったので、母が冷たいものを出しながら、

「さっき、おじさんからまんじゅうをもらったが、この暑さで、あんこがもうすっぱくなって

いましてね」と言うと、「どれ一つ」と、二つに割ってぱくりと食べた。私らはその様子をじっと見守った。

「いや、これはくさっとりゃせん。ジャムというもので、舶来の味です。慣れればさっぱりして、おいしくなりますぞ」とのことで一同安心し、大笑いとなった。

チョコレート

「西洋菓子だよ」と年に一、二回は泊まっていく薬の問屋さんが、横文字ばかり書いてある黒褐色の板チョコをくれた。初めてお目にかかるもので、銀紙をむいてなめてみた。

「ローソク臭くて、食べる気がしないよ」と母に差し出した。

「妙に油くさいね。アメリカさんは、こんなものを食べるんかね」と、戸棚にしまい込んで忘れていたが、ある日気になってまたなめてみた。そして思い切ってちょっと齧(かじ)ってみた。初回より臭味は感じなくなった。そんなことを繰り返しているうちに、うま味がわかり、得意になって食べてみせるようになった。ただ、両親だけは、「そんなもの嫌い」と生涯口にしなかった。

　チーズの出始めも、こんな調子であった。トマトも、食べ始めはひどく臭くて、白砂糖をつけて、やっと口にしたものである。

スキー遊び

初冬のある朝――。

「一流品をセレクトするスポーツ用品専門店・八四ニューモデルスキー用品展示即売会」のカラフルな新聞折り込みチラシに続いて、「北海道スキー場情報・今年のシュプールはどこからつけるか！　ハロー・ゲレンデ」の、週刊誌サイズ十六ページにわたる各地ゲレンデ広告特集を、見れば見るほど、そのあまりに豪華絢爛(けんらん)なのに驚いてしまった。

「いや、スキーばかりではない。今の世の中は、一般にこうなっているんだ」

と考えこんでいるうちに、子どもの頃のスキー遊びが次々と思い出された。

幼い頃は雪が降り出すと、「待ってたよ」とばかり外に飛び出し、雪空を仰いで大きな口をあけ、〽ユーキヤ　コンコ……と小躍りして、はしゃいだものだ。そして、かなり雪が積もると、雪ダルマを作ったり、雪山を作ったりして手製の橇(そり)で滑りっこをした。

スキーらしいものをはいたのは、小学校二、三年（一九二〇年）頃か。一メートルくらいの板の先が曲げてあるつっかけスキーで、サンダルか、かんじきをはく要領のものであった。

五・六年生になって、九つ違いの兄が作ったスキーのおさがりをもらった。細長い板から鉋(かんな)をかけ、先端の曲がりは熱湯で処理し、金具は中山鉄工場で作ってもらい、ニス仕上げの、見た目は結構なものであった。しかし、なんの木材で作ったものか、重く閉口した。どうせ、そんなことでくれたのであろう。兄はくれる前に、軽くて、金具も一段と合理的でハイカラなものを注文して作っていた。

スキー場は、もっぱら島田の坂（東十二丁目・りんご園内に適当な坂があった）、十一丁目の坂（国道十二号線・東方の丘）で、長じては熊の沢（現、旭沢）の丸加山、音江山に出かけた。

音江山に初めて登ったときは、野田博君らとともに、先輩手嶋圭二郎さんに引率してもらった。手嶋さんのスキーは、軽くスマートであった。――スキーばかりでなく、柔道師範で目方のある体躯でありながら、技も機敏で軽快であった。私のスキーは重くて安定感はあったが、技の未熟も加わって機敏な動作がとれないで、いたるところで失敗し、なんだかひどく疲れたことを覚えている。

しかし、頂上の樹木が、すっぽり雪をかぶって、吹きつける烈風のために、怪奇な容姿となり、その幽玄で神秘的な光景はきわめて印象的で、なにかとてつもない儲けものをしたように思った。

――五十年前の、この自然に対する驚異と恐怖は、今もって時折思い出し、忘れられない。

その後、母校北辰小学校の伊藤勝治・島津鼎三・山本栄先生に連れられたりして、何回か音江山に登ったが、中学校を卒えた頃と思うが、同級生と登って忘れられない思い出がある。

同級生のH君が帰省したので、歓迎スキー会を、黒田弘毅・野田博君ほか数人とすることになった。音江山の頂上で、歓迎のパーティーをやろうというのである。H君はすごく喜んで、誰かのスキーを借用して参加した。

深川駅から音江山の麓まで、馬橇を利用し、いよいよスキーをはいてみると、彼は小学校を卒えてから雪のない南国で過ごしたのでスキーで歩くのも難渋であった。

「これのほうが楽だよ。待たないで登ってくれ。スキーの跡を登るから」

と硬雪であったので、彼はほとんどスキーをかついで登った。結構楽しそうであったが気の毒で、頂上まで登ることはやめにした。中腹の小高い丘で小休止をして待っていると、透きとおるような青空が、みるみる暗くなって、横なぐりの大吹雪になってきた。

「おーい。ここだぞ。降りて行くぞー」

とめいめいにどなりながら引き返した。彼は大きな木の下で待っていた。彼の身体からは、勢いよく湯気がたっていた。

「ありがとう。もう帰るのか。それじゃ、ぼくもここからスキーをはいて滑るよ」

とスキーをはいた。無理をしないでよかった、という安堵が皆の顔にあった。

「あんまりスピードがついて危ないときは、尻餅をついたほうがいいよ。ぼくらも、ゆっくり降りるから」

　スタートして、しばらくすると落葉松の林があって、真っすぐそのまま行くと深い谷になっている。私は、

「危ないぞー、危ない、谷だ！」

　とどなって得意の尻餅をついた。後方のH君を見ると、彼はでんぐり返って、片方のスキーは雪につきささったままである。そばに近寄って、

「うまく尻餅ついたな。なんでもないかい」

「いや、股に木が、はさまったんだ。はね飛ばされた」

　と無念そうである。木が弓のようになって、はね飛ばされたのである。そのとき、片方のスキーが硬雪につきささったのだ。スキーを引きぬくと、無惨、先は折れかかっている。皆、寄ってきて、しばらくは「ふうんー」と頷いて、言葉もなくお互いは顔を見合わせていたが、

「H君、ぼくのを貸してあげるよ。ぼくは皆の滑った跡なら、片一方でも滑れるから」

　と技に自信のある野田君が言った。

「えらい災難だったな。思い切って尻餅つけばよかったのに」

　と皆でいたわったが、尻餅もとっさの判断を要し、技の一つかもしれない。彼はしばらく考えていたが、意を決したそぶりで、

「いや、ありがとう。でも、また折ったらたいへんだからな。なあーに歩くのは平気だよ。ど

うぞ、お先に。かまわないで」

と意外に元気で、足も捻いてないので、皆は彼の前になり後になって下山した。


その頃は、スキーに乗って遊べること自体がぜいたくで、私はスキーを担いで街を歩くのが気になった。今でこそ、ウインタースポーツと言って、遠慮がなさそうだが――。

それで当時の皆の服装は、畑仕事をするような身仕度であった。古いジャンパーに、ズボンは裾にゴムをいれたモンペ式（前ボタンのすき間から滑ると風が入って冷たいので、なれた者はそこに、古い首巻などをはさみこんだ）、手袋は毛糸のものか軍手で、すぐに濡れ、帰りしなは冷たくて、いつも閉口した。それに黒いラシャのスキー帽（これは誰でも、年輩の人もふだんにかぶっていた）。現在のファッションショーのようなカラフルな服装と比べて、まことに質朴であった。


さて、その日の夕暮れどき、音江ののれんの掛かった食堂にたどり着き、やがて配られた甘酒を前にして、皆はどうもH君のことが気になって、

「H君、スキーに誘って悪かったな。すまんかった」

とそれぞれに謝ると、彼はニコニコしながら掌をふって、

「大満足だよ。〽ふるさとで　スキーかついで　登下山す。みんなのおかげで、いい経験をし

たよ。かえって皆に迷惑をかけてすまんかった。ありがとう」と深々と頭を下げるので、皆は「ほっ」として、熱い甘酒で何杯も乾杯した。その甘酒のうまかったこと。安心したうまさが、からだ中にしみわたり、話ははずみっぱなし。愉快な青春の一日となった。

（『ゆうべおっと』二十号）

ヨーロッパ音楽視察旅行会に参加して——昭和四十八年

はしがき

かねて西洋音楽中心地の実態を見聞したいと思っていたところ、昨春に全音楽譜出版社が企画した旅行会は、数ある他社（会）の企画旅行と比較して、その旅行目的・内容・日程・経費の面で気に入ったし、勧誘されもしたので、空知の親しい音楽仲間数人と参加することにした。事前に数回、学習・打ち合わせ会を持ち、毎年正月に開催している全空知音楽教育連盟主催の新春音楽懇話会にて旅行報告をすることにし、仕事（記録・カメラ・スライド・録音）の分担を決めて出かけた。

期間は、夏休みを利用して七月三十日から八月十四日までの十六日間。日本は蒸し暑く不快指数の高い時季だが、ヨーロッパはさわやかで、百花繚乱の美しい快適な毎日であった。お祭のように賑やかな羽田空港を、オランダ航空三百人乗り大型ジェット機で出発、アンカレッジ（アラスカ）・北極経由、アムステルダム（オランダ）に向かう。機中泊で、所要時間十六時間余り。

白夜と時差ぼけ

北極通過中の白夜による睡眠不足と時差の関係で、時間の観念が攪乱（かくらん）されて、みんな困惑状態。時計を八時間戻して、翌朝六時半、オランダの土を踏む。日の出からそのままの日本時間を示す時計は三十一日の午後三時半を指している。この一万メートル上空で起きた時差ぼけは、生理的にも数日変調をきたした。

かくして、生活リズムの狂った不調を鋭意整えながら、飛行機・貸切バス・鉄道（寝台車）を利用し、フランス・西ドイツ・スイス・イタリア・オーストリア・ハンガリー・オランダ各国の音楽にゆかりの深い所を、欲張ったスケジュールで精力的に巡り廻った。

旅行と体力

貸切バスに乗って走った距離だけで日本全土の沿岸を一周したことになると、同行の計算マニアが発表していた。数日は一日九時間も乗った。参加者は音楽教師と楽器関係の業務に携わる者、計百二十名。途中でかなりのびた人がいた。私は出発前に体調を整えることを心掛けながら、果たしてこの旅行に耐えられるかと案じたのであるが、幸い終始健康を保って旅行を充分に楽しめたことは僥倖（ぎょうこう）であった。

しかし、帰宅してからの数日は茫然自失。何をするのも億劫。過労を自覚した。半月を経てやっと正常さを取り戻したように思えた。このことは同行した仲間の便りで、みんな共通の状態であったことを知った。私の仲間、張り切りボーイの一人は、帰って一ヵ月余りの入院をしたほどである。この種の旅行は、随分と体力を消耗するものである。

したがって、このような強行日程の海外旅行は半月程度の日数が適当だと思う。道中でも、「このくらいが限度だね」とお互いに話し合ったほど。長期にわたれば、これほどきつい日程にはならないと思うが、経費がかさみ、われわれ庶民は参加しづらくなるように思う。

団体旅行のよしあし

短期間に数多くの国を訪れ、たくさん視察しようと思ったら、旅行目的を同じにした団体の中に、気の合った仲間数人ともぐりこむことである。人数はバス一台の五十人前後が最適と思うが、百名を超しているからこそ、各国で一流ホテルに泊まってこの納入会費で済む。個人だと往復航空料金だけで約四十八万とか……。

数人のベテラン専属通訳に案内され、行く先々の乗り物その他の心配をしないで済むことは、言語の通じない異国ではなによりのことである。

日本では英語を国際語として尊重し、中学校以上では多くの時間をかけて学習し、私たちは日常必要な片言ぐらいは喋れるが、あちらでは特別な外国人相手の仕事をしている以外の人には全く通じない。不便なことときわまりない。

また、仲間数人で今回の範囲を気楽に旅行しようと思えば、日数はこの倍以上もかかり経費はこの三、四倍を費やすことになると思う。団体旅行では限られた観光スポットをさらっと観るきらいがあるが、ポイントを押さえ、時間を有効に使い、銭の面でも浪費がない点でよいと思う。

団体だからこそ、行く先々の風物はもちろん、なにをも我を忘れての鑑賞ができ、またその国その土地の料理や飲み物を心ゆくまで味わう余裕があるのだと思う。ただし、第二回目からは別と考えたい。

生水とビール

生水が飲めないのには閉口した。札幌から参加した人がちょっと生水を飲み、現地で三ヵ月も入院して三百万円を使ったという話や、現地人が生水で病気になっている話を通訳から聞き、私たちは水恐怖症に終始した。

レストランで水を所望したら、四合瓶（七二〇ミリリットル）のミネラルウォーターをくれた。これが小瓶のビールより高価であった。あちらの人は、かねがね生水がわりに牛乳やビールを飲むと聞いていたが、不便なことである。

ビールは、小瓶のコカ・コーラやジュースなどより、どこでも安かった。ミュンヘンのビールは特に期待して行ったが、飲み慣れているサッポロビールのほうがうまいという評判が専らであった。「生水の飲める日本はいいな」という声が誰の口からも洩れていた。

河に想う

有名なドナウ河をはじめ、各国の河川のきれいな眺めには驚いた。青く澄んだ河に白鳥が泳ぎ、色とりどりのヨットの走る緑の岸辺でキャンプ・水泳・魚釣りを楽しんでいる風景は羨ましかった。どの国も、河川・湖で油を使うボート類は禁止し、水を汚さない配慮がなされ、「さすが！」と感嘆。郷里の汚れきった石狩川を想起、情けなく、あわれを覚えた。「ヨーロッパには、いたるところ心に憩いを与える清潔で優美な公園を自然に作っている」という感慨を深くした。

あとがき

旅行の目的であった各国の音楽教育事情・視察した施設をはじめ、印象の強い素敵な風物点描、あこがれの名所史蹟、とりわけ風俗習慣と民族感情、特に敢然と研修し、夜の社会探訪で知り得た「飾り窓」とか「セックスストア」、できれば外国で活躍している日本人、外国人の日本人に対する態度と認識、貨幣の価値とその使い方、土産の買い方などについて、私なりの状況報告・感想を述べたいと筆をとったが、紙面の都合で割愛し、他の機会にゆずらせてもらいます。

私のテレビ出演記

ＮＨＫテレビ『わたしの戦争体験』

「終戦記念番組として、シベリア抑留中に作った歌曲を歌って、当時の戦友と回想対談をしていただきたいので、十日か十一日に打ち合わせのため来局願えませんか」

と、札幌ＮＨＫ報道番組班のディレクターから電話があったのは、八月七日であった。

十日は旧増毛道路の探査会、十一日は開拓当時の話を聞くために仲間と古老を尋ねる日になっていたので、打ち合わせぬきで十二日に出向いて、ビデオをとることになった。

打ち合わせぬきなので、その後数回にわたって、長電話がかかってきた。質問攻めのこんな長い電話は初めてで、受話器を置いたら、長時間の講演をしたあとのように、がっくり疲れ、「さすがテレビ屋さんだなァー」と妙に感嘆した。

抑留時の回想談はよいとして、最近はほんきで歌う機会もなかったので、スタジオで歌うのは億劫で、正直なところ自信がなくて心配だった。

「歌はＮＨＫの専属のアンサンブル（小人数の合奏団）の方で、誰かに歌ってもらえませんか。

この数年、心臓が弱って通院している状態なんですよ。急に緊張し、興奮のあまりスタジオでバッタリでは困るので……」

と逃げたのであるが、

「現地で作曲された作曲者自身に歌っていただくのが、この番組の狙いですので、何とか――」

と、どうしても歌う羽目になった。


そもそも、私がこの番組に呼び出しを受けたのは、この一九八〇年六月に出版された原田充雄編著『シベリア抑留敗虜の歌』に掲載された「私の〝シベリアの歌〟によせて」という手記と、数曲の楽譜が、番組さんの目にとまったことと、原田さんの推薦によるものであった。

無伴奏で蛮声を張りあげるのも艶のない所作だし、当時の雰囲気を出してほしいという要望なので、伴奏は現地で共に演奏活動をした「楽団１４４９」の仲間であり、現在も親交深い札幌在住の山形弘文さんと、菊地徳治郎さんにお願いすることにした。

山形さんは、都川流尺八楽会の北海道支部長で、尺八の大師範（シベリアでは尺八をクラリネットの代わりに使っていた）、菊地さんは札幌市教委社会教育部体育課に勤めていて、元道警吹奏楽隊で活躍し、楽器は管・弦、何でもこなす珍しい音楽家で、とりわけアコーディオンの名手。

独唱の伴奏に、尺八とアコーディオンとは奇妙な組み合わせだが、シベリアではありあわせ

NHK『わたしの戦争体験』出演時（右から筆者、菊地徳治郎氏、山形弘文氏）

の楽器で別におかしくなかったし、独特の効果を上げていた。私たちは漫画になるような苦心をして、手作りのバイオリン、チェロ、ギター、マンドリン・バラライカ・三味線・つつみ・太鼓・ドラムなどを次々に完成させ、編曲に工夫をして楽しく演奏した。尺八は唯一の管楽器であった。所詮、音楽は与えられた環境で演奏者と聴く者が一つになって、慰められ、励まされ、あるいは憂い、ひとときを楽しく、心のひろがりを感ずることができればいいのではなかろうか。楽器の種類は問わない。最近は、映画やテレビの時代劇に、あれーっと思う楽器やメロディー、リズムが使われている。

さて、私が歌うことを億劫がる大きな理由は、声域がきわめて低く、一般の歌曲楽譜より少なくとも四度（音）ぐらい下げて伴奏してもらわないと悠長に歌えないためである。だから現職時代は、生徒が歌うときは教科書通りの伴奏で、範唱の時はその曲を四、五度下げて移調し、ピアノを弾いていたのである。声高らかに生徒といっしょに歌えないことは、煩雑でもあり、つらいことであった。それで一晩、テレビで歌うことになった四曲を移調し、尺八とアコーディオン用の伴

奏譜を書き、電話でも、

「例によって、この曲は四度下げるから、フラットは幾つついて、何の音から始まるよ」

と、連絡した。両君は、

「シベリアで何回もやった曲だし、楽譜は前にもらった〝思い出の作品集〟の中にあるから大丈夫だろう」

と、別にあわてていない。あわてているのは当方で、出掛ける前日まで、ちょこちょこと滅多にない大声で練習をするものだから、家族も気が気でないらしい。

娘が言った。

「そんなに気張らないで、もっとのびのびと歌ったら？」

「闘争歌の一種なんで、普通の歌い方では、感じが出ないんだなぁ」

すると妻が言う。

「急にそんなに歌っては、声がつぶれませんか。身体のこともあるし、ほどほどにしてくださいよ」

音楽部屋のドアを半分開けては交互に心配してくれるが、何だかひやかされているようで面映ゆい。私は、歌う羽目になってからスタジオ入りまで、節煙・節酒に努め、きわめて善良な意欲ある青年になっていた。

十二日は午前中、菊地さん宅の音楽室で存分に楽しく練習した。三人が、それぞれに生き延びて、三十四年前を思い出し、こんな平和なひとときを過ごせるのを喜び合った。

車で迎えられ、午後二時、出演者とアナウンサー、プロデューサーとの打ち合わせ。十五分間の番組なのに、分厚い台本で驚いた。進行順序・要領などの説明がされる頃、何をする係か、数人が入ってきて、アナウンサーさんはストップウォッチを握って、気ぜわしく打ち合わせる。ディレクターさんが、

「ちょっと、ドーランをしてもらいましょう」

と声をかけたので出演者が立ち上がると、アナウンサーさんは、

「その前に、歌の時間を計らせてください」

と、スタジオに誘導された。合図係のサインで歌う練習と、指定された歌曲の数節を歌う。三台のカメラが、するすると怪物のように動く。正面天井の機械室に人影が増え、ディレクターさんは、こまごまと指示を出している。強いライトが当たると、目がパチパチとなる。まるでロボットだ、と思う頃、

「ひと休みしましょう」

との声がかかって、またぞろぞろと控室に戻る。二、三談議を交わし、熱いお茶に口をつけたと思ったら、

「準備完了の連絡がきましたので、よろしく。きょうはこの後、もう一つ収録がありまして」

各係は、それぞれの位置について、待機の姿勢。スタジオの中に張りつめる一種の緊張感で

固唾をのむ。

場内の照明がぐんぐん強くなった頃、誰かの「はじめます。五分前」とはずんだ声がかかる。静寂な時の流れ——三分前。——二分前。ここで大きな深呼吸をして、下っ腹に力を入れる。——一分前。山形・菊地さんが、私の指揮する右手を見つめている。

聞きなれたテーマ音楽が、軽快に響いた。「リハーサルだから気楽に、のびのびと」と自分に言いきかせて、サインに従って存分に歌った。最初の「帰国の日まで」の前奏で気の抜けたような流れがあったので、〝まずい！　やりなおし〟と、中止のサインを出そうと指先に神経が走ったが〝リハーサルだから、ひととおりやったほうがいいな〟と続行した。こんな場面が、このあと二、三あって、終了のアナウンス。出演者が解放感で、ニヤーッと顔を見合わせ〝さあ、本番はうまくやるぞ〟と囁いていると、場内のライトが次々に消えて薄暗くなった。各係は引き上げの態勢に入った。私たちはびっくりして、鈴木アナウンサーに、

「本番は、いつされるんですか」

と、つめよると、

「これで結構でした。お疲れさまでした」

と一言。

意外なことにがっかりしている私たちを控室にみちびき、

「二回、三回とやれば、流れにそつはなくなりますが、このような番組は、視聴者に訴える迫

力が大切なんです。これが本番ですよ、といってやりますと、慣れない方は硬くなって、ぎこちないんです。気になるところがそれぞれの方にあるかと思いますが、全体の流れは、リラックスされていて、よかったと思いますよ」

と、なだめられた。打ち合わせで対談の役になった原田さんは、

「昨晩は寝ずに、主張したい柱を三つ考えてきたんです。さっきは、その一つぐらいしか発言できなかったので、本番には――と思っていたんですが」

と、いかにも残念そうであった。

機械室でビデオを見せてもらい、やれやれと、市民会館の食堂で慰労会をやった。そして、テレビは見ているとラクだが、素人（しろうと）が出るのはつらいものだ。番組班の次々と放映する題材・内容の設定、取材の選定と行動、何回もの打ち合わせによる構成、台本の作成、リハーサル、本番収録と、テレビは秒との追っかけだ。とりわけ裏方の人たちの労働には身体をすり減らす苦労がつきまとうものだ。――三十四年ぶりに、シベリアの舞台でやった同志と演奏してこんな楽しかった日はなかった。やがて、シベリアでの食生活、ねずみの丸焼きを食べ、松脂をガムのように噛（しが）んだ話ではずみ、お互いにビデオデッキは持っていないが、きょうの記念にビデオテープを、まとめて注文することにして別れた。

昭和40（1965）年、松浦欣也先生と特別番組「NHKお正月こども大会」に出演

昭和三十六年から四十二年までに、江部乙北辰中学校器楽部はＮＨＫ器楽合奏コンクールで三回全道優勝したため、全国大会用の録音のためと、テレビの特別番組に出演のために何回となく生徒を引率した。また指揮者松浦欣也先生と江部乙北辰中学校の学校オーケストラのことについての対談をするために前記のスタジオに入ったこともあった。昭和四十六年には、交通事故ゼロの願いを込めて作曲した「緑のおばさんの歌」が、札幌市婦人交通指導員の方々で歌われることになり、その指揮・伴奏、アナウンサーとの対談でＨＢＣ北海道放送へ出向いたことがある。引率は別として、自分が出ることは、いきりたった緊張が強いせいか、いつまでも印象深く思い出に残るものである。

今回の番組はお盆の十四日、朝の食事どき

昭和60（1985）年、「北千島山砲会」の第6回の集い（前列右から4番目が筆者）

であったか、たくさんの人から電話や手紙をもらい、中には親切に、テレビの場面を二十数枚も写真に撮ってくれたり、きれいに録音してくれた人もいた。また、会う人々から「みましたよ」と言葉をかけられ、何と返事をすればよいか戸惑ったが、だんだんに「それはどうもありがとうございました」と、感謝をこめて挨拶するようになっていった。

このたびのテレビ出演で最大の収穫だったのは、苫小牧在住の戦友が、私の住所をＮＨＫに聞いて、十六日に家族連れで尋ねてくれたことである。この来訪がきっかけとなり、かねがねぜひとも早く実現したいと願っていた、「旧北千島兵団（第九一師団）第一砲兵隊第七中隊、第一回生存者の集い」を、十一月十、十一日の両日にわたって温根湯温泉で盛大に開催できたことは、なによりのことであった。案内状の

〝生存者の集い〟の真意はわかるが、われわれもかなりの齢で、どうも行く先を深刻に考えさせられて心細いので、次回からは、さらっと〝九一山砲戦友会〟にしようと、会合で決めた。

昭和五十五年十一月十七日執筆

（『ゆうべおっと』十五号）

高齢化社会に生きる

1．人生八十年代――猛速度で高齢化

今年（注・昭和六十年）の六月末に厚生省が発表した五十八年の簡易生命表によると、日本人の平均寿命は、国際比較で男性に続いて、ついに女性もアイスランドを抜いてトップになり、文字どおり世界最長寿国となった。平均寿命は男性が七四・二〇歳で、女性は七九・七八歳となり、「人生八十年代」が確かな足どりで近づいている。

また同月二十日に、人口問題審議会が渡部厚相に提出したいわゆる人口白書には、わが国が急速に高齢化社会を迎えたと指摘し、「高齢者を単に扶養すべき人口と考えず、多様な社会参加を促進し、社会の仕組みを高齢者の自立に適したものに変えていく必要がある」と訴えている。ひと口でいえば「高齢化が進んだ人生八十年代は、老人を養うより老人も働く社会にしよう」と呼びかけている。

また人口も、明治初めは三千五百万人であったが、七十年間で二倍、百年間で三倍に膨らみ、現在は一億二千万人弱になった。

2. まずは健康――老化防止

寿命が延びて長生きできることは、なにより嬉しいことであるが、それは健康な状態であってのことである。それには進んで健康診断を受け、ふだんから健康管理に気をつける。病気になってから治療を受けるのでは遅い。自分の健康は自分で守る心構えが、いっそう重要になる。「健やかに老いる」のが、長寿国を支えることになる。高齢者に限らず、壮年層も同然である。

もしガン、脳卒中、心臓病が克服できれば、男はさらに九・五九歳、女は八・五九歳長命になるそうである。

病気になってやりたいこともできず、寝たきりの老人には、誰もがなりたくないと警戒しているが、「高齢化社会の行きつくところは〝ぼけ〟対策」と言われるほど、本人の自覚のないままに進行する〝ぼけ〟は切実な問題である。

昔は〝モウロクたかった〟などと言ったが、今は「ぼけ老人」、帯広のグループでは「精神老化」と、いろんな呼び方をされているが、ともかく中年から〝ぼけ〟予防に注意が肝要である。ひと昔前になるが、有吉佐和子の『恍惚の人』が読まれた頃から、一般の〝老人ぼけ〟に対する認識は一段と深まった。医学的には「老化性痴呆」と言われ、「脳血管性痴呆」と「老年痴呆」とに分けられる。前者は完全に予防できないまでも、高血圧を中心とした成人病の予防――年一回の健康診断を欠かさない、塩分を摂りすぎない、異常な肥満や暴飲暴食を避ける、たばこをやめる、日ごろからある程度の運動をするとか、年配者なら周知の平凡なことである。後者は原因不明のまま、脳に変性、萎縮が起こった結果、ぼけが出てくるので防ぎようがない、と言われている。いずれにしても根治療法や特効薬はないので困ったものである。

しかし、普通の老人の予防法として、常に頭を使って衰えを防ぐ努力が必要で、自分にとって新しい知識を絶えず吸収して、それを家庭や職場での座談でどんどん発表する。またふだん考えている意見をまとめて生活作文を書いたり、日常の折にふれて感動したことを随筆ふうに、旅行をしたら紀行文とか、なんでも文章化して記録したりする習慣をつけると甚だ効果があると言われている。日常よく喋る人、ものを書く仕事に携わっている人、また政治家にぼけが少ないのは、そのせいであるという説もある。

年をとると、誰でもぼけるのでなく、八十五歳以上でも四分の一程度、つまり、四人のうち三人まではぼけないので、ことさら恐れる必要はない。「恍惚の人」とは、ぼけが高度なのに、体の機能が衰えていないので、行動上のトラブルが絶えない人を指すようである。また最新の学説で「脳細胞は老化せず」というのを読んだ。それによると、老齢とともに脳細胞が死滅するという従来の考え方は誤りで、心身ともに健康なら八十歳になっても知的発達があるとみる説が有力になった。老人のモウロクやぼけは、老化よりも孤独や病気が原因である。「社会生活に参加している老人は、精神能力が変わらないばかりか進歩する場合もある」と、シャトルのシェイ博士は主張している。

ぼけ老人の性格について、柄沢昭秀氏（東京都老人総合研究所心理精神医学部長）は、その多くは閉鎖的だったり、わがままだったり、社会的に調和がとれていないので、若い頃から調和をとる心がけが大事であると説いている。そして次の『ぼけの判断基準』も、柄沢氏の作成されたものである。

ぼけの判断基準

軽度のぼけ

・日常会話や理解はだいたい可能だが、内容に乏しいか不完全

・社会的な出来事などへの興味や関心の低下

・生活指導、ときに介助を必要とする程度の知的衰退

中等度のぼけ

・簡単な日常会話がどうやら可能

・なれない環境での一時的失見当

・しばしば介助が必要、金銭管理、投薬管理が必要なことが多い

高度のぼけ

・簡単な日常会話すら困難

・施設内での失見当、さっき食事したことすら忘れる

・常時手助けが必要
非常に高度のぼけ
・自分の名前すら忘れる
・寸前のことも忘れる
・自分の部屋がわからない
・身近な家族のこともわからない

3. 社会参加――ボランティア活動

とかくボランティア活動を嫌って、老後生活がのんびり放題の隠遁者のようであったり、老人クラブで自分の趣味三昧(ざんまい)にふけったりする、そんな老人が多いのが世間ですが、私はまだまだ若いと思っているせいか、若い人の集いにはつとめて参加しているが、老人クラブにはまだ一度も顔を出したことがない。

私は退職後も、市文化財保護審議会・市文化団体連絡協議会・市社会教育推進指導員協議会・市郷土研究会・屯田親交会などの役員、音楽関係では、全空知音楽教育連盟・滝川音楽協会の顧問、行政関係では町内会連合会長とか市行政推進員をなし、二十年来深川室内楽研究会で演奏活動をしている。地域の文化団体には現職時より三十数年にわたって役員をなし、郷土文化誌『ゆうべおっと』を、創刊号より本年の創立三十周年記念特集二十号まで、編集・刊行を担当してきた（年刊で、近年は百ページ前後、この記念号は百五十ページ。執筆原稿は毎号地元はもとより郷土にゆかりのある方々で、本号は九十名。四百部印刷、残冊なし）。

これらの仕事を私は、あまり負担にならないように心がけ、できるだけ誠実にやってきたつもりである。なにもことさら披露するほどのことではないが、退職した一市民の私が、どうやら出来たことを、ありのままに書いただけである。これらを「余暇の善用」といえば聞こえがよいが、このほかは作曲をしたり、雑文を書いたり、庭や畑の手伝い（主任は妻）と、日常の家族の食べる餌作りが億劫でない程度で、もう一つ読書の時間を確保する努力以外は、なにもできない男である。

4. 職業道楽――私の生涯

「職業が即道楽」で生涯を送りたいと、実践し謳歌している先輩がいる。さしあたって私もその類（たぐい）かと思う。

子どもの頃から音楽の先生になりたいと思い、紆余曲折を経て音楽教員になる。念願の小・中・高校に勤めて、存分に子どもと楽しむ。召集で軍務にあっても「音楽兵隊」として活躍でき、戦地でも楽器を奏で、作曲三昧の生活もあって、各現地で「戦線・駐留歌曲集」三種の出版がなされた（軍報道部）。シベリア抑留時は「楽団１４４９」を編成して、音楽がノルマの活動に没頭できた（召集は昭和十三年〈二十三歳〉、野砲七連隊に入隊〈幹候〉、中支部・南支部・仏領印度支那（現ベトナム）・南方の各地・北方（北千島）・ソ連（シベリア）を経て、同二十三年、十年間の青春を過ごして復員する）。

定年退職してからも、週休三日制で、ピアノを主とした音楽指導を、現職時の授業時数とほぼ同じぐらいの時間を毎日使って、かれこれ十年。来年正月は古稀であるが、レッスンのある日はむしろ張り切った充実感がある。四歳児から幼稚園・小・中・高・受験生・三十代までの主婦に日ごと接し、和やかに話し合い、励ましていると一日がまことに短い。

5. 悠々自適――老後の経済

昔から「老後は、悠々自適で過ごすこと」が理想であるように思われてきた。広辞苑には「俗世を離れ、なにものにも束縛されず、自分の欲するままに、心静かに生活すること」とあって、いちおうは望ましい境遇のように思う。

しかし、高齢者人口が急増した今日、早くから俗世を離れては、社会的に支障をきたし、本人も老化を促進することになりはしまいか。また昔のようにたんまり恩給のもらえた時代、現在でも親からの財産があるとか、高給生活で恵まれた者は別として、一般公務員級の者では、若いときから「質実剛健」を旨とし、ぜいたくをいましめ、年金をあてにしない生活設計をすべきで、物価は年ごとに高騰の時代、敢然と自分の金で別に年金を設定するぐらいが望ましい。

「毎日が日曜日で、日々気ままに暮らせる」といっても、これには経済的裏づけ、ゆとりがなくては心楽しくないはず。浪費癖のついた人は、老後になって生活必需品でも我慢し、交際も出費をきらって義理をかき、孫へのお年玉も大儀なようでは、老い先心細いし、情けないことである。いつの世も「稼ぐに追いつく貧乏なし」でなかろうか。

6. 日日是好日

老後も願望と計画性を持ち、心身とも健康で自分の仕事ができ、社会参加を心がけ、できる範囲の奉仕をする。そして家庭円満で、毎日が満ち足りた安堵の生活であったら、これに優る幸せはない。幸せは、ささやかな日常茶飯事の中にこそあると思う。

そして、高齢になると、不覚にも「ある日突然、家族の世話になることがある」ということを常づね忘れてはならないと思う。

（『教育空知』昭和六十年九月号）

※昭和六十年九月十五日記。亡くなる二カ月前に執筆

〈特別寄稿〉楽譜の軍事郵便

森本文子

昭和十八年、二十六歳のわたしは、二十九歳の曹長殿と見合い結婚をした。挙式は三月六日の地久節と決めてあった。ところが、彼に二度目の召集がきたので、わたしたちは二月二十七日、彼の兄の家で形ばかりの式を挙げた。

彼は昭和十四年以来南方戦線にいて、十七年秋、召集解除になったので結婚を考えたのだった。小学校教員だった彼は、除隊後しばらく江部乙町役場に勤めていた。わたしはその頃、札幌市立病院薬局に勤務していた。前年の十一月頃に話があって、わたしたちは挙式までに四、五回しか会えなかったように覚えている。わたしたちのデートは彼が出張で札幌に来たとき、ちょっとわたしの顔を見に立ち寄るぐらいのものだった。たまに外に出たときは、戦闘帽に国民服、八十キログラムの曹長殿は、常にわたしより二メートルほど先を、胸を張って大またに歩いていた。三十八キログラムのわたしは、チョコチョコと小走りに彼の後を追うのが、精いっぱいであった。

昭和18（1943）年、2月27日結婚（幹夫29歳、文子26歳）

挙式後三日目、夫は旭川に入隊をした。そして二ヵ月後の五月、アッツ島玉砕のあと、小樽港から北千島へ征った。わたしたちは、お互いの気心などほとんど解らぬままに結婚をした。今考えると、当時のわたしたちは、〝出征兵士と大和なでしこ〟を自負していたようだ。

北千島へ征った夫からは、しげく軍事郵便が届いた。ハガキに色エンピツで、ハマナス、ガンコウラン、トリカブトなどが画いてあった。それに添えた通信は、ほとんどが風景詩であった。ところどころ墨で消されてあったのは、地名が解ってはまずいところだったのだろう。作曲もたくさん送ってくれた。その主なものは、九十一師団制定の〝北千島兵団歌〟と〝北千島兵団節〟であった。もともと音楽教諭の夫は、メガフォンを持って、幌筵島、占守島を一ヵ月近くも、この歌の普及活動に歩いたのだそうである。

夫と別れた当座のわたしは、夫の半分も返事が出せなかった。生来の筆不精に加えて、不馴れな嫁としての仕事に追われていて、心の余裕がなかった。

七ヵ月ほどたった頃、夫から妙な軍事郵便が届いた。今までのような詩でもなく、作曲でもなく、見出しに〝ピアノ右手運指、練習曲その一〟とあって、オタマジャクシだけの楽譜ハガキであった。それ以来、そんなハガキがたびたび来るようになった。わたしは、戦争が激しくなったので、文を書いてもほとんど消されるから、〝元気でいるよ〟という意味なのだと、ひとり合点をしてハガキを受け取っていた。けれども、どうも納得がゆかないので、そのハガキを実家の父に見せた。戦争体験のある父は、とっさに、

楽譜形式の暗号文

「これは暗号文かもしれんぞ」

と、言った。それからわたしは、ハガキを火にかざしてみたり、水に浸してみたりしたが、なにも変化は現れなかった。また、楽譜を一つおきに読んでみたり、さかさまから読んでみたりしたが、全然意味をなさなかった。

当時のわたしは、昼間夫のことを考えている暇のないほど忙しかった。旧憲法下の嫁である。夫の兄宅の居候でもある。その家は薬屋だったが、わたしが嫁いで薬局になった。それゆえ、わたしはその管理責任者でもあった。わたしが来た翌年、義兄に長男が生まれた。この家には夫の母も同居していたが高齢であった。義兄は、消防や仕事の関係で家を空けることが多かった。したがって、援農や防空訓練は主としてわたしの出番であった。

楽譜ハガキが届いてから一ヵ月ぐらいたった

頃、やっとハガキのなぞが解明される日が来た。それを解読する〝トラの巻〟（＊註）が届いたのである。即ち、先に出した〝トラの巻〟があとに届いたのである。たぶんこれを積んだ船は、敵の魚雷を避けて、どこかの港に泊まっていたのだろう。

それ以来、わたしは〝トラの巻〟と首っ引きで、思い切り自分の心の内を夫に伝えた。夫も早く自分を理解してもらおうと思ったのだろう、せっせと楽譜ハガキ便りをくれた。

終戦後、夫はソ連に三年間抑留されていて、音信不通であった。親戚の人たちは、わたしが跡取りなので、両親を気づかって実家へ戻っているように、盛んにすすめてくれた。けれどわたしは、それが当たりまえのように思って、義兄の薬局を手伝いながら、夫の帰りを待っていた。

昭和二十三年七月、夫は極度の栄養失調ではあったが、とにかく復員した。わたしたちは、戦時下の俄(にわか)結婚であった。けれど、夫のアイデアでわたしたちだけの世界をつくることに成功した。わたしたちは生死を前に遠く離れていたが、あの楽譜ハガキのおかげで、なん年も一緒に暮らしていたほど親しくなっていたのである。その年の十一月から、わたしたちのほんとうの結婚生活が始まった。翌年長男が、二年後には長女が、その三年後に次女が生まれた。今は三人とも社会人となり、それぞれの立場で頑張ってくれている。わたしたちも近く六十九歳、六十六歳となる。

（平成元年記）

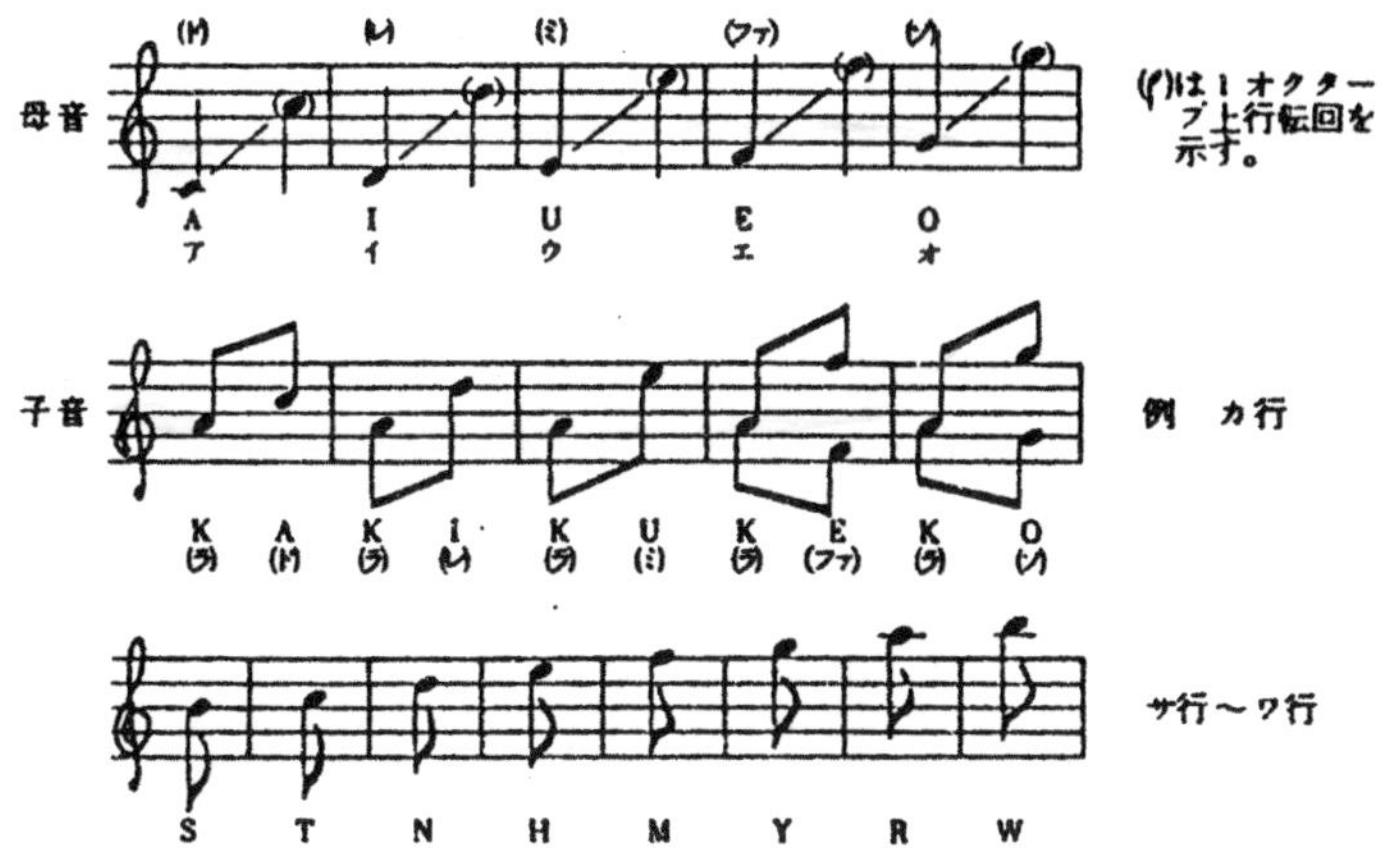

解読方法

（註）『楽譜ハガキ』のトラの巻

固定ド唱法で、ドレミファソを、AIUEO（母音）に置きかえて読み、四分音符（♩）で表す。

子音は、たとえばカ（KA）行はラ、サ（SA）行はシの八分音符（♪）と、母音のド（A）の八分音符の符鉤を結び、連桁とし一音とする。以下同じように組み合わせると五十音ができる。

その組み合わせが、無理な音程になったときは、一オクターブ上下してつじつまを合わす。

濁音は♪、半濁音は♪、オクターブ転回した音には♪、句読点は休止符で表し、拍子によるリズム構成に正確であること。

その他、感情表現は音楽用語、符号を準用する。

シベリア抑留体験――生涯を決定した「楽団1449」

〈第一部〉

抑留

北千島からソ連の油槽船(ゆそうせん)に乗せられ、樺太大泊の沖合に停船したときは、あるいは日本に還送されるかと感激してみたが、いよいよ船が北上することがわかったときは、もう生命が保障されない不安がつきまとい、運命というものをつくづく考えさせられた。

ソビエツカヤガワニの港に上陸して、異国の情緒に目をみはりながら、これから強制される抑留生活がどんなものであるか全く不明であった。私たちは常に五列縦隊で行動することを要求され、羊の群のような従順さで誘導されるままの、なんの権利も主張できない人間になりさがっていた。

貨車生活としらみ

トイレなどあるはずもない有蓋(ゆうがい)貨車の急造二段ベッドに重なるように押しこまれ、不定時に雑穀を餌のように与えられ、少し走ったかと思うと半日または一日も停車し、約十日後P駅にたどり着いた。

昭和二十年十月下旬。シベリア地区はもう冬の気配が漂っていたが、貨車にとじこめられた私たちは数日の早い遅いがあったが、お互いに生まれて初めて虱(しらみ)をわかし、その我慢のならない痛がゆさには、ほとほと悩まされ、いよいよ気のぬけた状態になった。

どこに連れてゆかれ、なにをさせられるか、皆目見当もつかない毎日。秘密工事（要塞など）をさせられ、完成後は全員銃殺された例は歴史にもあるし、ほとんどの者は、お互いに慰め、勇気づけるため強がりを言ってみるが、内心は生きて帰ることが至難であると覚悟していた。

ラーゲルの食糧

五百名単位で各ラーゲル（収容所）に入所し、一日八時間、各種各様の労働に従事した。規律と監視はきびしかったが、軍隊生活に慣れた連中だから、さほど苦にならなかった。が、食糧の乏しいことではみんな苦しんだ。

炊事でくされたジャガイモの皮や、キャベツを柵外に投げたのを、こっそり拾いに行って、楼上の見張り兵に発見され、マンドリン銃で撃たれて即死したりと、食べ物で情けない事件が多発した。

作業

森林伐採、鉄道工事、土建工事、貨車の荷おろし、材木積み、製材、石出しなどなど――全く経験のない雑多な仕事のノルマに追われて、初めのうちは忠実にやった。どれも重労働である。気を張って力いっぱいにやらないと思わぬ怪我をするか、生命にかかわる仕事ばかりである。

森林伐採と営倉事件

森林伐採（五人一組で二十組であったか？）の隊長になった私のグループは、連日ノルマ以上の成績（毎日の統計をラーゲルの点呼広場に掲示）をあげて、ハラショウグループ（立派な作業隊）として賞賛され、黒パンの特配を受けていた。抜群の成績をあげえたのは、もともと私のもと中隊の優秀な下士官・兵を、私自身で選抜編成をしたからに他ならない。

よく働いてノルマをあげれば、なにか特別によいことがあるような気がして、みんな心を揃えてやってはみたものの、特配の黒パンが小さなマッチ箱ぐらいのもので、これでは体力を消耗するばかりだ。私は帰国の条件は体力保持と考え、ある日から作業は適当にやって無理をさせないようにした。

作業パーセントは日に日にさがり、私はついにカントーラ（事務所）から呼び出しをくらい、その理由を詰問された。私は「ノルマ以上の成績をあげても、あんな特配では体力が維持できないし、また、現実に体力低下してやれなくなった。それに器材が粗悪で能率が上がらない」と答えると、カマンジエル（隊長）が意図的にサボらせている、反動的思想をもっているとかきわめて不満の意を表し、副所長らしいのから三日間の営倉入りを命ぜられた。営倉は南京虫の地獄と聞いていたので、こりゃ眠られないぞ、と覚悟して営倉に入ると、血を吸ってつぶされた南京虫の悪臭が壁にしみこんでいて、あげそうになった。営倉に入ると食事もろくに当らないので、「この野郎」と、へこんだ腹を立てていると、数時間で、特別になんだかんだといって、釈放された。

下痢の正月

私自身、かつては特号の軍服を着て、平常は第一ボタンをはずして仕事をしていた体格であったが、ソ連の土を踏み三ヵ月経過した翌年の二月には、体重が五十キログラムそこそこになって歩行が困難になった。

これは、慣れない労働の過重と、初めて経験するきびしい寒気のためもあったが、なにより食糧事情が最大の原因であったと思う。

十二月中旬より正月下旬近くまで、毎主食が大豆油をしぼりとった大豆粉の加工品ばかりで、黄粉（きなこ）の味はするが、栄養がないばかりか、これで大半の者が下痢で悩まされ、極度に衰弱した。数日で、この大豆粉を加工する匂いが炊事場からもれてくると、嘔吐（おうと）をもよおした。

ソ連側も、ぼう大な抑留者の食糧補給には、予想外の無理があったことであろう。ソ連兵でさえ、二、三日にわたって、パンの配給が皆無のことがあった。彼らは、だまって水ばかり飲んで我慢していた。ソ連人の寒さと欠食に堪える忍耐力、日常生活の不便を苦にしないおおかさは随所で見かけたが、そのつど驚嘆させられた。

凍りつく夜間作業

二月下旬の日中マイナス二十五度前後のある日、森林伐採（造材）のノルマを終わって帰る途中、「森本グループは、R駅の貨車一台に、集積した木材を今夜中に搭載せよ」という指示が入った。夕食をしないことには、寒気でこわばっているので継続しての作業は無理だと断ったが、夜半に輸送する貨車であるためシチヤース（すぐに）やってほしいと、作業本部からの返事。さらに、隊員の疲労度、搭載資材の不備、私のグループは搭載の経験がなく、ことさらに寒い夜間に、照明なしでは駄目だと説明したが、「やりくりがつかない。ぜひやってくれ」の一点張り、ついに電話でけんか別れ。

作業を拒否して帰れば、その後に私の隊ごと、どんな処遇を受けるかは、他に実例がある。――さらに奥地へ移送されての強制重労働に加えて、帰国を断念しなければならないかもしれない。

隊員に交渉経過を報告し、勇を鼓舞して作業にかかったが、満足な輪犂（りんすき）もなく、ロープ、釘もない始末。みんなで知恵をしぼり、横木を作り、釘は太い鉄線をぶった切って作ったが、コンクリートのように凍った生木（なまき）に、その釘はささらない、無理に叩けば曲がるばかり。

なんとかして、八分どおり搭載したが、隊員は空腹と防寒服の重さに堪えかね、寒さで感覚のなくなった手足を動かすのに難渋している。睫（まつげ）がひっついて、まばたきも容易でない。

ソ連の二人の監視兵は、自分も早く帰りたいので「ブステレ！　ブステレ！（急げ、急げ）」とどなって、貴重なたき火をけ散らしてしまったので、凍傷寸前の隊員は、雪の中にうずくまって黙ってしまった。気温はぐんぐん下がって、粉雪が吹きつけてきた。頬が板のようにこわばり、声も出ない状態になり、作業は全く進まなくなった。

鮭の骨がら

この困窮した状況を、再度作業本部に連絡して、応援隊を依頼しようと駅長室に走った。夢中になって電話をしている私の眼にとまったのは、鮭の太い骨がらであった。ペーチカのそばに投げ捨てられたその骨がらからは後光がさしていた。――努力したのだからあるいは、と期待したが、「応援隊は、明日の作業関係で派遣できない。自力でカンチヤイ（完了）してくれ」とのこと。「この野郎！　殺すつもりか！」ペコペコ腹であるが、隊員のことを思うと申し訳なく、腹わたがにえくり返って、どなり返した。そしてこれは、最近私のグループの作業成績が低下したための報復の仕業（しわざ）だ、と考えざるを得なかった。

駅長も事情を知ってねぎらってくれたが、直接関係のない仕事に横から口をはさまないのがソ連人の特質、なんの援助もしようとしない駅長が横を向いた隙間に、私はほとんど無意識か、当然のことのように、その鮭の骨をポケットにねじ込んで飛び出した。

その骨のうまさに、胸がわくわくして、冷たい頰から唾液の出るのがわかったが、私は握りしめたその骨を、いましも病弱で凍死するかもしれない、雪の中にうずくまっている隊員にやろうと考えて拾ったのであった。

案の定、その隊員は二、三人で骨を分けあい、むさぼるように食べ、元気を回復したようであった。その骨に感泣してか、その一人が奮いたってどなった。

「みんな頑張ろう。このままでは凍傷、凍死だ」

電話の報告を終わると、私は妙な夢遊病者か、ピエロのような気持ちになっていた。貨車の材木の上によじ登って、「もう少しだ。頑張ってくれ、怪我をするな。足元に気をつけろよ」と自分の声とは思われない、うわずった声の中に、――おれは、このまま貨車の上から滑り落ちて、即死するのではないか、即死する寸前だぞ、とつぶやいていた。

ワリンケ（フェルト製の防寒ブーツ）の靴裏は、氷でごろんごろんであった。今にして、雪が凍りついた材木の上をふらふらと歩きまわり、よく滑り落ちなかったものだったと思う。

幸い月が冴えてきて、仕事が幾らかはかどった。予定の材木が少し残ったが、ほぼ恰好がついたので、完了を宣言したときは、十時を過ぎていた。

郷愁と不安

線路沿いに、黙々として四キロメートルの帰途についた。民家の黄色い灯が窓越しに見える。温かい家庭の団らんがしのばれる。――われわれは、どうしてこんな苦しみを、しかもソ連のためにしなければならないのか。いつ帰国できるかわからないままに、過労と病気で倒れてゆく同胞を見るにつけなんとも名状しがたい情けなさを味わった。急性肺炎で、ばたばたと連日倒れ、死体が雪上に薪のように積み重ねられていた、という話などを耳にして、自分たちにもいつの日かそのような運命が待ちかまえているような不安――みんな、そんなことを考えているのであろう、だまって足を引きずっている。監視兵の「ブステレ！　ブステレ！（急げ！　急げ！）」の声だけが聞こえる。

仕事の終わった安心感からか、私はラーゲルの近くにきて、心臓の痛みに耐えかね、うずくまると、あとは意識不明。数人の隊員にかかえられて宿舎の板の二段ベッドに寝かされたとき気がついた。

そのとき、本部の係がきて、明日の作業は特に十時出発、という声が聞こえた。「特に」は、今夜の慰労を強調したのであろう。

「ばかにしてやがる。まる一日休ませろ」という声が、堰（せき）を切ったように飛び出している。私も黙ってはいられない。責任を感じて、引きとめられたが、ふらふら、よたよたしながらカントーラ（事務所）に出向いた。

カントーラは既に消燈、誰もいない。ふんまんやるかたなく、寒空に冴えきった月を眺め歯をくいしばって考えこんでいると、さきほど鮭の骨をもらった隊員が案じて迎えにきていた。同胞としての人情が、急速にうすれてゆく情勢の中である。私は思わず「ありがとう」と、肩を叩いた。

隊員に支えられて宿舎に戻ると、みんなはペーチカで熱湯のようにした雑穀の塩スープで、歯がひび割れするのも気にとめないで、黒パンをなめなめ、私の返事を待っていた。

〈第二部〉

栄養失調

日中でも氷点下二十五度前後のきびしい寒さの中で、森林伐採（造材）という荒い作業を終え、やれやれと白い溜息をついて、まさに隊列を組んで暖かい宿舎に帰ろうとしたとき、夕食ぬきで、まだやったことのない夜間作業（大きな丸太の貨車積み）を暁まで強制され、この日の体力消耗は容易に回復しなかった。

栄養失調が原因の心臓脚気が、急速にこうじて私は倒れ、その夜はこんにゃくのように、深い眠りに落ちた。

それ以来、跳ねることはもちろん、脚をあげて歩けなくなり、足を引きずりながら、もうろうと作業に出ていた。こうなっては、意志表示も不明瞭、大きな声を張りあげて作業指示をしたり、現場を見廻り指揮をしたりすることがひどく苦痛になってきた。

雪中の幻想

この頃であったと思う。現場見廻り中、雪の沢に転げ落ち、顔に降り積もる雪の音を克明に聴きながら、うっとりと幻想の世界をさまよっていた。そのうち突然、家族の姿が現れ、はっと我に返った。雪に埋もれたまま、「こんなことをしとっちゃ死ぬんだぞ。ばかたれ！」と、どなっているが口は動かない。それから、白々としたざらめ雪の中を、どのようにして這いあがったかは思い出せない。

オカカロナ

いよいよなにかにすがって歩かなければ、自力では不安定、動悸があまりに異状なので診断を受ける。会釈してクルリっと後ろ向き。ドクターはたれさがった尻の皮を引っぱって、「ジストローイ」と係に告げた。診断はこれだけ。きわめて簡単。投薬もない。

しかし、これで作業は免除になり、オカカロナ（重栄養失調者収容所）に送られることになった。数分と板の椅子には腰がかけられないやせかただ。片腕で身体を支えていないと尻が痛い。即ち、クッションの役目をしている尻の肉がなくなったのだ。かつては、軍服の特号（今のＬＬサイズ）でも窮屈な思いをした男も、やせこけてこのざまだ。わずか四ヵ月で、よくなり下がったものだ。

翌日、北千島以来起居をともにした、なつかしい隊の戦友とも別れ、ジストローイカロナに連行されたが、そのときうらやましそうにしていた戦友に、申し訳ない気持ちでいっぱいだった。

三日三晩、私は食事も忘れて、ぶっ通し眠りこけた。眠ることが、最高の慰労であった。五日目頃から意識がはっきりしてきて、入ソ以来初めて退屈というぜいたくな時間を持つようになった。毎食、油っけの多い食事と、休養によって体力を回復させるわけだ。

極度に衰弱したら、尿意と同時に一目散に駆け出して目的を果たさなければ、寸刻とも我慢ができない状態となり、寒い夜分に何回も飛び起きて、身体が冷え、安眠できなかった作業隊当時の苦しさを思えば、隊員の一人一人が案じられた。

やや回復してきた患者は、ふるさとの自慢話に打ち興じた。話題で最も関心が持たれ、熱心に繰り返されたのは、食べ物のことである。

人間には強い本能的欲望が幾つかあるのだが、ここでは食欲本能が総てであった。しかも食べられるものならなんでもよい、質より量、腹いっぱい食べたいのであった。飲み助の私であったが、酒類は一向にほしくなかった。

ふるさとのお菓子屋に陳列されている菓子を、片っぱしから一つずつ味わって、腹いっぱいに食べてみたいとよく思い、家族の夢を見ても必ずやお菓子や、ちらし寿司などが主題となって劇化されていた。

シチャース　ダモイ

ラジオは聴けないし、音楽とは縁のない生活であった。まだみんなが元気であった頃は、作業の往復に軍歌を歌っていたが、これも間もなく禁止となり、ソ連の労働歌や赤旗の歌を歌わせられたが、どうもピンとこないで妙な気分であった。

このオカカロナで休養しているうちに、幾らか人間らしくなって、異国に苦難の日々を過ごしている同胞に思いをはせ、ふつふつと詩情〈人間愛〉が湧いてきた。

なんとしても、われわれ日本人は全員、家族の待つ祖国に帰還しなければならないのだ。ソ連の要人に、帰国はいつ頃かと訊くと、きまって「シチャース　ダモイ（しばらくで帰国）」という返事であるが、ソ連の囚人に尋ねると、「われわれは刑が軽いので、シチャースは十年と思っている。君たちヤポニーズ（日本人）も軽いほうだから、十年くらいだろう」と口を揃えたように言う。特務機関・警察・将校・検事・虐殺者は、二十年または終身刑であろうと言う。

シベリア地帯にはソ連の政治犯も多く、識見の高い立派なカマンジエル（作業監督者）とも幾度か話し合ったが、政治犯は、意外に軍やちょっとした街の軽犯罪でも、シベリアに送られると十年の服役は覚悟しているという。

未開のシベリア地帯はこれらの数多い囚人と、戦後は器用で忠実な日本人によって、急速に開発されたかに思われる。

ダモイの話になると、誰もが真剣になって、このおとろえた身体で十年？　体力を自覚しているだけに、もう生きて帰る自信が喪失するのであった。

そして、だんだんに、民主化運動が盛んになり、毎日夕食後には党員の学習会に、作業で疲れ果てたからだで引っぱり出され、人民裁判がはげしくなると、誰もが自暴自棄になり、猜疑心が強く異常な心境に傾いた。

帰国の日まで（同志よ頑張ろう）

このような情勢になって、私はいかなる苦難にあっても、耐えに耐え、木の芽・昆虫を食べても生命を大切にして、帰る日まで頑張ろうと強調した歌詞「帰国の日まで」を作り、楽器がないので、心をこめて数日間歌い続け、同胞を励ます楽譜を書いた。

歌詞は、ソ連のやり方をなじり、強い不満を訴えたものであったが、諸般の事情を考慮して推敲し、作業意欲を高め、帰国の日まで最善を尽くそうという内容に改めた。

この歌は、同胞の心情に通じたか、口伝えに急速に流行し、それまで朝夕の点呼時、「赤旗の歌」を歌っていたが、感動もなくあきあきしていたので、誰かが新しい労働歌「同志よ、頑張ろう！」を歌おうと提案した。悲壮感が内在しているが、元気づける行進曲ふうなので、ソ連の政治部員も作業向上に役立つと考えたのであろう、以来「赤旗の歌」に代わって、この歌が高らかに歌われ始めた。ソ連人も変な発音で日本語で得意になって歌った。

「帰国の日まで」（別名「同志よ、頑張ろう！」）　森本幹夫　作詞・作曲

1、国を賭（と）しての　大決戦に
　臨んで決死を　誓った同志
　世紀の朝（あした）に　剱をすてて
　試練の青史（せいし）に今こそ生きん
　耐えて忍んで　たちあがれ
　　帰国の日まで　頑張ろう

2、忘れられようか、このシベリアで
　血涙（けつるい）のんでの　その日暮らし
　嵐行く手を　とざすとも
　漲（みなぎ）る希望を　高らかに叫び
　明朗かったつ　秩序にて
　　団結固く　頑張ろう

3、心を澄ませば　黎明の鐘
　夢みる祖国に　響いているぞ

情熱燃やし　気魄（きはく）にみちて
民主日本の　大建設だ
足並み揃え　健友よ
　帰国も近いぞ　頑張ろう

雪の曠野に

この「同志よ、頑張ろう」の歌が、その後文化運動が盛んになったとき、群舞・劇伴奏音楽・音楽行事に使われたが、政治局で詞の内容が再検討批判され、私は思想的にけしからん点があると反省を求められ、吊し上げになるところであった。そこで、「これならどうだ」と作ったのが、前奏に「赤旗の歌」のメロディーをアレンジ（編曲）して発表した、次の曲である。これもよく歌われ、使われた。

「雪の曠野に」　森本幹夫　作詞・作曲

1、雪の曠野に　白樺たいて
　ともに再起を　誓った君の
　骨を埋めた　このシベリアで
　生れ変った　おれたち同志

やるぞ　必ず祖国のために

2、夜間作業で　眺めた月も
凍りつくよな　原生林で
忍苦試練に　鍛えた身体
俺たち同志は　ガッチリ組んで
倒せ反動ファシズムを

3、遠く離れた　異境に来ても
人の情に　変りはないぞ
何で忘らりよ　故郷のことが
若い俺らは　希望に燃えて
建てろ人民共和の国を

4、夢に描いた　故郷の空に
嵐吹くとも　波高くとも
何のこわかろ　俺らの意気で
働くみんなの　幸福のため
やるぞ世界の平和を指して

〈第二部〉

オカカロナ・軽作業①

一ヵ月余で、ぶよぶよと白豚のようになり退所。軽作業になっている「衣服乾燥場」の勤務につく。

ソ連では作業中、どんなに雨が降っても、雨宿りをしない。日本人は濡れることがきらいで雨をさけようとすると、警備兵は「ブステレ！（急げ）」と迫ってくる。びしょ濡れになって、川からはいあがったようになると、着干しをする。着干しとは、焚き火をして、着たまま衣服を干すことである。

表面が幾らか乾いたら、「ブステレ！」であるから、作業後、翌朝までに夜業で薪をたいて、乾燥させるのが仕事である。夜中の乾燥場は、高温高湿、ぶらさがった衣類の下を、はいつくばって薪を燃やして歩き通し。呼吸困難、汗だらけで外に飛び出し数分休むと、シャツは裃（かみしも）のように、ぱりぱりに凍る。これを繰り返していると朝になる。日中は、丸太を切って割っての準備。この仕事を私一人でやっていたのだ。昼間は、午前中にうとうとできるぐらい。これで軽作業、優遇されていることになっている。夜半、よたよたと外に出て、月を見つけ、幾度溜息をついたことか。

こんなある日、ベニヤ板のはしくれを、欠けたガラスで削り、ちびった鉛筆で書きとめたのが、次の歌曲である（これは、「妻をおもうの歌」でもある）。

「母をおもうの歌」　森本幹夫　作詞・作曲

一、落葉を誘う　夕時雨
　吹雪の晩は　ひとときを
　しのぶは遠き　ふるさとの
　わびしく暮らす　母の顔

二、幾たび春は　めぐれども
　かえらぬ我を　待ちわびて
　老いの身ながら　けなげにも
　働くならん　貧しさに

三、試練の夏も　たくましく
　苦難の冬も　たたかわん
　母よ帰国の　それまでは
　健やかであれ　生きてあれ

オカカロナ・軽作業②——思わぬ怪我

シベリア鉄道の補強に使う岩石の掘り出し作業中のある朝、

「おーい、今日は雨の降らないうちに早くノルマを片付けようぜ」

と、一応隊長らしい気勢のよさで、作業にとりかかったのはよいが、栄養失調収容所（オカカロナ）を出たばかりの私の腕は、大きな石に嚙みつかれて、右手中指をあっという間に、鈍痛のうちに潰してしまった。もしこれが防寒大手袋なしであったら、骨も粉々になっていたであろう。岩石を山と積んで走る木炭トラックの乱暴な運転に身を任せ、新緑の山道を下る時の感傷は、下手の横好きながら音楽する者にとっては、致命的な、あまりに悲痛な時と心の流れであった。

真っ赤な血の掌のなかに、オキシフルに洗われた我が中指一本の白い骨が冷たく現れているのを凝視して、私はまず入院忌避の方法を考えている欲望者であった。

当時入院した者は、病院勤務者による食糧の横流しのため、弱い患者ほど食べ物が少なく配給されるという噂で、入院はロシアでは死にきれぬ寿命を縮めることを意味していた。だから、私はそれから一ヵ月余り、七月までシベリア特有の剛直な真夏の陽光に指の包帯をそむけ、怪我を隠しつつ作業に出た。しかし、それほどの外傷を一針も縫わずに、しかも、安静どころか微熱を忘れて釣瓶を持てば化膿はまぬがれない――。それでも、ロシア軍医の診断を逃げ廻り作業を続けていたが、偶々、帰国（ダモイ）と宣伝されて転属した収容所（ラーゲル）の軍医には、運命的に発見されたが最後、これは「要切断」と診察表に赤字が書かれ、すぐその真夜中、五時間を改造貨車に乗せられてボーニーの１４４９病院に送られた。

その折、護送のロシア兵に片言まじりにおどかされ、後生大事に肌身離さず持っていた私物のめぼしい物などほとんどを月夜の白樺林で提供したことなどは、今更さして腹も立たないが、忘れ難い。更に入院の際に持ち物は一切取り上げられ、入浴のあと、我が丸裸と白衣一枚を渡されたのも、ほろ悲しかった想い出の一つではある。その際、私の日頃メモしていたシベリアメロディーを書きつけた譜面を見つけられ、翌朝、早々に院長の呼び出しをくったのが、私の「シベリア１４４９」生活の始まりである。

夜間の入院であったが、当番看護兵は、リバノールをべったりしたたるほどつけてくれた。翌日は日曜で休診。終日ぐっすり寝込んで安静にしていたせいか、はれはぐっと引いていた。月曜の朝、手術室に連行されたら、手首を切断する鋸やメスが用意されていた。私は、〝はれも引き出したことだし、そんな簡単に切られてたまるか〟と、断じて拒否するつもりであった。運良く、日本の軍医が立ち会って、

「職業は音楽の先生じゃあないか。切らずに治そう」

との助言があって、命拾いをしたほど嬉しかった。

楽団１４４９として

私は、没収された持ち物の中に、作曲した楽譜があったので、数日後面接があり、楽団要員のいる別棟に案内された。

1449病院の院長のヤモスキー中佐に、「この病院の作業隊の中に（入院下患者と軽患者とからなる）歌手や音楽家がいることは知っている。それらの者で楽団を編成し、異境に患って淋しい思いをしている同胞を慰めてはどうか」とすすめられ、私はそのとき「音楽することを知られた以上帰国が延びる」と直感しながらも、その院長の動機が抑留日本人に対する誠に美しい同情からであると考え、快諾したのであった。

それから、音楽をノルマとする者が院内はもとより遠くのラーゲルからも選ばれて、一応、人数だけは揃ったが、肝心の楽器は山形弘文君の秘蔵尺八があるのみで、その他は借りるとしてボイラー係のロシア人が持っている手風琴（ガルモニー）と三角琴（バラライカ。ロシア特有のウクレレのような伴奏楽器）よりなく、溜息をついていると、院長がハバロフスクから楽器を購入するという。それで、団員はそれぞれ軍歌以外の歌曲の暗譜をたぐり始めた。

歌謡曲は、劇場専属で十八年もやっていた菊地徳治郎君が担当。俗曲は三味線と鼓の師匠である吉原君。ジャズは、ポリドールのリズムボーイをやった澤村君、民謡は尺八の山形君、クラシックな歌曲はかつて東京で小林千代子の相手役をしたというテナーで、専らロシアの婦人にもてた某君、僕は学校唱歌やロシア民謡、流行歌「バルカンの星の下に」「カチューシャ」「祖国」などの採譜と、当時の抑留者を励ますための「帰国の日まで」とか「雪の曠野で」とか「母をおもうの歌」「妻の手紙」などを、作詞・作曲した。「同志よ頑張ろう」などは意外に流行して、各地において毎朝の作業整列の時に必ず歌わされた「赤旗の歌」のかわりに、妙な勇ましさで長いこと歌われた。この歌詞の表面は「元気いっぱいで働いて帰国まで身体を大事に」であるが、作った本人がロシアのやり方に不満があるので、憤りと無念さが詞の陰にあるのである。それを、歌好きのロシア人は日本語で覚えて得意気に歌ってみせるのである。私はそれを甚だこそばゆい気持ちで見守っていたが、ついにそれは昭和二十二年冬にかけてのすさまじい民主化運動の時、「批判会」にひっかかり、「ムリー」地区共産教育本部に楽団もろとも出頭を命ぜられた。数々のテストによって焼きをいれられはしたが、危ないところで反動の烙印を免れたことは、楽団一同にとって、たいへんありがたい（オーチンスパシーバ）ことであった。

ハバロフスク出張から帰る際に、ヤモスキー院長は少なくともバイオリン二挺、ギター二本、マンドリン一本、バンジョー、トランペット、チェロ、クラリネット各一を購入してくることになっていたが、帰院の通知があって、土砂降りの雨の日、三里先の停車場で出迎えたわれわれ一行に手渡された物は、なんとマンドリンのねじめ金具八組だけであった。人柄のよい院長であったから、だまされたとは思わなかったが、あまりの意表にあっけにとられ、互いに顔を見合わせるばかりで、義理にも「ありがとう（スパシーバ）」とは言えなかった。

楽器店に楽器はあるにはあるが、べらぼうに高くてとても手が出なかったと言うのである。もっとも、戦後間もない時だし、無理もないはず。

院長は気の毒そうに、

「まあ、これだけでなんとかやってくれ。君たち日本人が非常に器用であることを知っている。資材は工面するから、まず、君たちは楽器の製作を始めて、それができ次第、演奏会を始めてくれ」

と、悠々迫るべき、表情たっぷりの熱弁・弁解と期待をかけられた。われわれ一同は固唾を呑み、唸らざるを得なかった。

それから……われわれはここで生涯の創意工夫という実体を体現した。

まず、バイオリンを乾燥野菜の入っていたブリキで作ってみたが、ものすごい響きで駄目、次はベニヤ板——これは、予想通りさっぱり響かず見事失敗。三回目は乾燥松材を薄く鉋かけと何やかやと手間をかけただけに、おおむね成功した。弦は、工場内から見つけ出した電燈線・モーターのコイルの線などでG線などとした。一日一本しかできなかった。

チェロは、バラライカを改造してみたが一向に響かず、やはりバイオリンの方法でどえらくごついものを作ったが、鳴りは意外によかった。

マンドリンは、節目のない白樺を丹念に小刀でくりぬいた。指板を作るに際しては、格別な骨を折り、また幾度か指を傷つけた。バンジョーも柄は長くなかったが、よく響いた。

大太鼓は桶にベニヤ板をはり、小太鼓は背嚢の皮を使った。トライアングル・木魚・木琴は、たやすくできた。シンバルも工場の歯車を使った。

三味線はマンドリンより指板の関係がうるさくないのでいっぺんに完成。三味線の弦は、手術用の糸を利用した。

バイオリンの弓は、病院の水運搬用白馬のしっぽの毛で——チェロと二本作ったら、その馬の尻はさみしげになった。しかし、弓の「ねじ」までは作れなかったので、雨天では弓がたるみ、晴天の時は弓が張りすぎて演奏には殊更な技巧を要した。これらの弦楽器には院長の「ねじめ」があったので大いに助かったことは言うまでもないが、またそれらの楽器が、いずれもそれらしい格好とそれらしい音色であったことは、断るまでもない。

管楽器は作れないので、尺八でクラリネット、サキソフォンの代理をしてもらった。無理な注文であるが、山形君はいろいろ研究して妙なる音色を出して、よく調和してくれ、引き立たせ、折々邪魔をし、大体によくごまかしてくれた。この尺八の穴を覗き見て驚かざるロシア人はいなかった。それゆえ、山形君はよく偉人扱いを受けた。

これが、だいたい、「楽団１４４９」年創立当時の楽器編成である。

演奏での思い出はあまりにたくさんありすぎる。日本の歌謡を聴いて大きな声を張り上げて泣く中年男。ぐずぐず泣きじゃくる若い者。演奏旅行中「朝までやってくれ」と、最初の一曲を聴いてわめく者。演奏中「すごいぞ。スパシーバ」と、気合いをかける者など。このようなことで、私らの労苦は十二分に癒された。そして、これらの叫び声を心に抱いて重い防寒具に身を丸くし、零下三十五度のぬかるむ雪道を五里も六里も歩いて、ラーゲルを何ヵ月も廻った。そのときの感激は、昨日のように記憶が新しい。

演奏形式も、昭和二十二年秋からのシベリア地区文化運動によって著しく研究され、われわれの音楽を中心として詩の朗読、演劇、コーラス団、群舞が行われた。

1449楽団は、同胞慰問が建前であったが、院長殿の懇望で、ロシア人側にも多く利用、愛用された。主にダンスパーティーで毎土・日曜。それに記念日、特にクリスマスにあっては、午前五時、六時と朝まで続けざまに演奏させられた。ノルマ以上のことであるし、当方にとっては一向に楽しくない催し物であるので迷惑この上なく、寒さはひどいし（ウォッカを飲んで踊っている彼らはだんだん暖かくなり、会場の窓を開け、扉を開け、雪空に涼んでいる者さえいるが）、われわれは演奏前に食べたきりで刻一刻とお腹がすいてへこんでいくし、たまらないものであった。

それに、普段は目立たないが、飾ればどこかの婦女子も同じこと。見違えるほどの華やかな容姿、それにステップから匂う香水のあでやかな刺激。幾ら空腹の抑留者でも、鼻先にこの光景を見せつけられては、故郷の妻、恋人を〝誰か想わざる〟である。悩ましさと、腹立たしさと、情けなさ。気が遠くなり目がくらむとはまったくこのことであった。

さて、ロシア人の好む通俗曲は、「ラ・クンパルシータ」「黒い瞳」「夢去りぬ」「東京ラプソディ」「マドロスの恋」「ドナウ河のさざなみ」「ルンバ」「タブー」などなど。ロシアの歌は当然のことながら、そのような徹夜の長時間ではまともな曲ばかりでは種切れでもある。私たちは眠気ざましに、まるでどえらいもの、たとえば「元禄花見踊り」「勧進帳」「越後獅子」、童謡では「雨降りお月さん」「青い目の人形」「赤い靴」、はては学校唱歌、はては「佐渡おけさ」「木曾節」「大原節」まで、フォックストロット（四分の四拍子または二分の二拍子の社交ダンス曲）、あるいはワルツ風に、拍子よろしく演奏したものだった。

剣術のチャンチャンバラバラ曲をやってもロシア人は一向に無頓着で、いと軽々としなやかに踊るのを見た時は、団員は互いに吹き出してしまった。

ロシア人は音楽が好きである。しかし、音楽に対する批判とか注文とかはない。一応リズムが整っていれば、「ポルカ」など、八小節の簡単なメロディーの反復で三十分くらいは平気で踊りぬく。音楽に対する包容性と言うか、ロシアの一般人はどのような音楽もさっと身につけて、心から楽しんでいる。なお、映画『シベリア物語』にもあったが、一般人のコーラスは見事である。生活が音楽の中にあるというか、誰かが新しいメロディーを歌えばすぐ二部・三部でそれぞれついて歌う。たとえば一杯飲んで朗らかに歌う歌であっても、皆コーラスである。それが楽しさいっぱいで、はち切れそうな喜びの表情で歌っている。音楽に溶け込んだ生活をしている。

「酔わざれば歌わざる国民、日本人」の一人である私は、今さらにこの点を非常に羨ましく思っている。

洗脳ラーゲル

〝母をおもうの歌〟は、病院はじめ地域に広まり、ソ連人も自国の歌のようによく歌い、気を良くしていたら、政治局員（妙な日本人）から、

「これはブルジョアのセンチな、退廃的な歌だ。こんな歌をうたって祖国の再建ができるか」

と、アジられ、私たちはコムソモリスクより北方の先脳ラーゲル（反動分子を教育するところ）に送られ、身のすくむような気味の悪い生活を体験した。私は「戦いは呼ぶ」とか、政治局向きの闘争歌を作って、情緒のある曲は演奏中止した。

ところが、大衆（人民）裁判で私に、

「日和見主義者で、準反動者だ」

と迫ったアクチーブもいたが、私はこつこつと共産党史を学習して、多くを語らず（調子にのって喋ればボロが出る）、もっぱら漢学者の父親に教育された「中庸は徳のいたれるものなり」を、かたくなに遵法した。

「シベリアの白樺におもう」　森本幹夫　作詞・作曲

一、青く澄む
寒空高く　聳えたつ
白樺林に　佇めば

思いは遥か　動乱の
あゝ　祖国に働く
働く人の　暮しなる

二、樹氷(きばな)散る
凍るあしたに　闘争歌
高らに歌い　斧ふれば
白樺峰に　谺して
あゝ　祖国の響が
響が身近に　沁みわたる

三、黄昏(たそがれ)を
憩いのひととき　火を焚けば
水筒につめた　白樺の
甘きかおりに　吾子想う
あゝ　祖国は俺らが
俺らが再建　誓ったぞ

四、月の夜に
寒空高く　そそり立つ

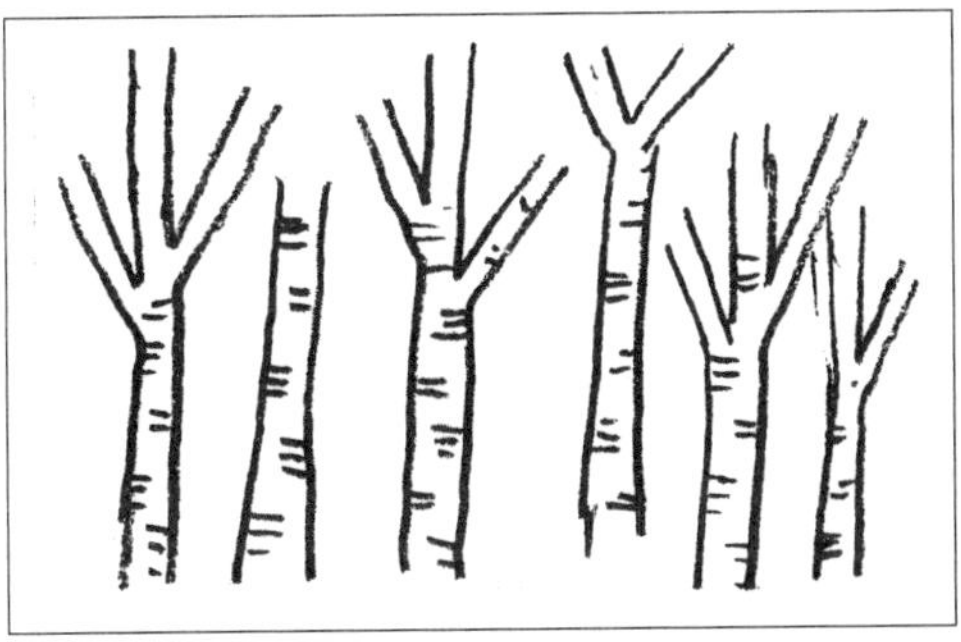

白樺鉄路に　材積めば
憤激昂まり　血が狂う
あゝ　祖国にとどけ
とどけよ燃ゆる　この決意

その洗脳大学は、三ヵ月ほどで卒業（放免）となり、初冬の真夜中、もとのラーゲルに帰る貨車の中で、寒さに震えながら、月に冴える白樺林に、シチヤースダモイ（早く帰国したい）の思いをよせて、口ずさんだのが、この歌曲である。

奇妙な緊張

昭和二十二年から二十三年の夏にかけて、文化活動は激しさを増した。変な心境で作った歌曲「戦いは呼ぶ」なども、群舞化されたり、劇の主題歌に使われだしたりした。疑心暗鬼、帰国の噂が烈風のように流れてきたが、〝われ関せず〟の姿勢を持し、奇妙な緊張が続いた。

――うかつな言動によって、乗船名簿からはずされ、抑留以来、日々祈願し続けたダモイ（帰国）の夢は破れ、帰港「ナホトカ」から、再び奥地の重労反動者ラーゲルに送り戻された者がいるのである。

私たち楽団の移動演奏、活動範囲は、ハバロフスクより北部で、コムソモリスクの周辺であったろうか。当時の私は、ソ連人が好んで歌っている「カチューシャ」、「ともしび」、「バイカル湖のほとり」「トロイカ」、「バルカンの星の下に」などの歌曲を、歌ってもらう人ごとにふしや発音が違うので、幾人もの人から聴いて採譜をしたり、楽団の出しものとして新しく作詞・作曲したりする仕事で明けくれていた。南東・南方・北方戦線でも、こんなことが唯一の楽しみであったので、水を得た魚のように私は張り切った一面もあるが、からだは日ごとに衰弱していた。怪我をして入院、そして音楽生活。異国に抑留されている孤独と寂寥はあっても、好きな音楽をノルマとする生活で、毎日をむしろ楽しく過ごしたようにも思う。いや、ときとして、やり切れないばかばかしさに襲われ、虚無感で茫然自失のことも多かった。

帰国

昭和二十三年七月、心臓脚気という診断で、夢にみた日本女性、看護婦の乗っている興安丸により帰国することになった。しかし、ナホトカ港からの乗船直前に、手作りで愛用し、これだけは持って帰りたいと念じていたバラライカも、作曲した楽譜も全部没収されてしまった。今残っている歌曲は、船中で仲間が歌ってくれたものを聴いて、記譜できたものだけである。

この興安丸のタラップに足をかけた瞬間の歓喜は、筆舌に尽くしがたい。万感胸に迫り、一刻も早く出航の汽笛が鳴るようにと祈った。離岸！　大きな安堵感で、身は宙に浮いていた。

しかし、静かに動き出した船中には、作業事故で両脚切断、両腕のない患者が乗っていた。

冷水をぶっかけられた思いをした。それから、ソ連側になにかと密告して、同胞の仲間を裏切っていた自称政治局要員「某」も、乗船していた。

「ソ連を離れたら、かたきをとってやる。日本には帰さないぞ」

ということは、かねて耳にしていた。一夜明けて、船が日本国に近づき、みんなが、

「にっぽんだ。舞鶴だ！」

と、騒ぎ出した頃、

「奴は、夜中に、船から消えたそうだ」

という、誇らしげな囁き(ささや)が伝わってきた。

シベリア篇

終戦！　国を賭しての戦いは終わった。しかし苦難のむくいが待っていた。ソ連に抑留され、国家的秘密作業を強制され、酷使のあげくは、全員銃殺……との噂に胸を痛めた。零下四十度のシベリア、連日の作業は実に苛酷に思えた。激務と食糧不足での栄養失調、多くの戦友は無念の涙をのんで倒れた。

生きるための戦いであった。木の芽・草・ねずみ・昆虫・蛇・なんでも食べた。雪の曠野！作業の行き帰り、「母をおもうの歌」を歌って、お互いに励まし合った。また、くやし涙に明けくれながら、頑張った。

苦しい思い出は忘れられない。ソ連での日々の生活は、今も鮮烈であり、強烈である。

三度死を決意したが……死ぬほど楽なことはない！　自殺は卑怯だ！　戦友を裏切ることになる……と耐えに耐え、ついに帰国することができた喜び！

ナホトカ集結～興安丸～舞鶴港。戦友の冥福を祈り、日々感謝あるのみである……。


（『ゆうべおっと』十五号・昭和五十四年）

眉毛と睫とお正月

年の瀬も迫ってお正月が近くなると、毎年のように眉毛と睫にまつわる思い出が強烈に蘇ってくる。

復員して二十数年になるが、この間には取りたてて話題にしたいようなことは、ほとんどないような気がする。

再度の召集令状を手に結婚して、六年も生死不明のまま待っていた妻と、家庭を持っての帰還後、ことさらに身辺の変化をあげるなら、子どもが三人誕生して、それが今成長しつつあるということであろうか。

顧みて、この間平々凡々、平穏無事に生活させてもらったことに対しては、敬虔なる感謝を捧げないではおられない。

近視のため第一補充兵に編入されたと思うが、二十三歳（昭和十三年）で初回の召集を受け、約十年間、中支・南支・海南島・台湾・朝鮮・仏印（ベトナム）・香港・東南アジア（シンガポール他）・北千島・ソ連と各地に転戦、駐留し、青春時代の生命をかけての生活には、忘れ得ない数々の思い出が脳裏にこびりついていて、折にふれてはその追想に耽(ふけ)ったり、夢の中でも何回となく復習しているのである。

しかし、自分にとっては忘れ得ない宝石のように大切な思い出であっても、その体験のない他人様にとっては、退屈で、興味のない、しごく迷惑な話題でなかろうかと考え、よほどの場合でない限り慎んでいるつもりである。

それでも、長閑(のどか)な正月を迎え、ご機嫌うるわしいときなどは、堰を切ったように飛び出すようである。

第一話　眉毛とお正月

「眉毛がなんのためにあるのか」ということは、学校の「生理衛生」で習っていたのかもしれないが、専ら顔のアクセサリー程度に考えていた。

ところが、サイゴンに駐留して（昭和十七年）元旦を迎え、初めて眉毛の機能を認識したのである。当時は勝ちいくさの頃、内地からの物資輸送は順調で、元旦にはキントン・カマボコ・焼き魚、それに昆布巻・黒豆・羊かんなど、なつかしい正月料理が折箱厚さの楕円形缶詰に詰め合せたものが配給になった。

思いがけない日本料理で、兵舎（商社改造）には歓声があがった。それに広島産の「眞澄」という清酒が一升瓶で特配（一人二合宛）された。飲めない者もいるので、嗜好にあわせて物々交換すれば、一升ほどはすぐに確保できて無上に喜ぶ者、甘味品を集めて悦に入っている者、それぞれ故国に感謝したものである。

さて、日本男子は裸になるのが好きで、勤務外はきそって褌（ふんどし）一つになっている。サイゴンは年中で正月が一番暑いのである。

円座して湯のみを廻したが、真っ昼間なのに蚊がうるさくてやりきれない。蚊は酒の匂いが好きだ。集団で蚊は全裸に襲撃してくる。団扇で払ったぐらいでは逃げようともしない。叩き殺されるまで、ぶくぶくに血を吸っている。これではせっかくの正月祝いも気が滅入るばかり。

そこで頓知（とんち）のいいのが言い出して、蚊帳（かや）を吊りその中で酒を飲み始めた。無数の蚊は、蚊帳の周りで無念そうに唸っている。

「これでよい。これで快適な別天地」と喜んだとたん、蚊帳の中は猛然とむし暑くなった。風がさえぎられて、むし風呂同然。酒で体温もあがって、上唇から湯呑に汗がしたたる。全裸から汗がぶくぶく噴き出し、もちろん額からも幾すじもの汗が流れているが、眼をあけておれるのが、はたと不思議であった。

お互いによく見ると、額の汗は眉毛のおかげで、パチンコ玉のように両方に別れて流れているのである。

このとき、われわれは一大発見をしたように感動し、無邪気に大きな声で、拍手をして眉毛を賞賛したのであった。

第二話　睫と正月

眉毛と睫は顔面でせいぜい一・五センチメートルくらいより離れていないのに、睫の話は北国の零下三十～三十五度の寒さが連日続くシベリア地区でのこと。

二十貫（約七十五キログラム）の体重が五ヵ月足らずで十二貫（四十五キログラム）そこそこの栄養失調になり、物にすがってやっと歩くという衰弱そのもの。衰弱状態になれば精神も萎縮し、この生命いつ果てるかと案じ、果たして生きて祖国の土を踏むことができるだろうかなどと心細い限りの物語である。

昭和二十年十月、北千島から油槽船でソ連に上陸、特設二段ベッドの有蓋貨車で半月余りをのろのろと行先のわからぬ旅路、まず排泄物の処理で度肝をぬかれた。

ラーゲル（収容所）も幾つか変わり、そのたびに作業も変わり、抑留一年目の正月を迎えることになり、ソ連の要人に、ダモイ（帰国）はいつできるかと訊くと、ほとんどが「ニズナイ（わからない）」と、にべもない返事が多く、たまたま親切そうなのは、

「シチヤース　ダモイ（しばらくで帰る）」

「シチヤースとは、どのぐらいか」

「ソ連の囚人の場合は、シチヤースは十年とみている」

このシチヤース十年説が流布され愕然とし、寿命を自ら短くした同胞、戦友がかなり多かったように思う。

飢餓状態になっての空腹ほどむごいものはない。作業ノルマに追われ、日に日に空腹の度が強まる。身体の重心はなくなり、放心、無意識状態になる。

炊事で捨てた馬鈴薯の黒く腐れた皮を、柵を越えて拾いに行った者が、望楼の監視兵に見つかりマンドリン銃で簡単に撃ち殺されたり、犬のくわえてきた馬かなにかの骨をひったくって、わずかについている生肉にしゃぶりつく者がいた。

凍豆腐のように凍った黒パンをペーチカで溶かしていると、衆人の眼の注がれている中で手品師のようにかすめ取る者――などなど。

さて、元旦だけは休みたいと、再三所長に交渉したが所詮は駄目。

しかも、元旦の朝食は十日も前から続いている大豆の絞りかす（黄粉のような味はするが栄養はないという）を、だんご状にしたもの。

もう匂いだけで吐き気を催す者が多く、情けなくて涙をためている者もいる。憤懣を噛みころし、みんな黙りこんでいる。八時集合整列であるが、零下三十度以下なので、作業衣に身をかためて寝転び、待機中であった。

このとき、守衛所前の温度計を見に行った仲間が、やにわに誰かに張り倒されたという――それは温度計に顔を寄せて、ささやかな体温ながら一度でも上がって零下二十九度にもなれば、地獄の鐘（鉄道レールを切断したもの）が容赦なく鳴らされ、約千人の（ラーゲルは千人単位）の同胞は寒中にさらされ、凍傷とたたかいながら戸外の労働に従事しなければならないからだ。

睫の話は、この元旦のことである。

八時四十分頃か、地獄に引きずりこむように鐘が鳴った。外はまだうす暗い。五列縦隊に並んで、私の隊はアムール河沿いに約四キロメートルの雪道をとぼとぼ作業所に向かった。

河の氷の割れたところから、温泉のように湯気が立ち昇っている。寒さで咽喉を痛めるので無駄口をきかないことにしているが、時折隣の者の顔を注視することにしている。それはあるとき、誰かの鼻がほの白くローソクのように凍傷になったからだ。

こんな日に眼鏡はかけられない（レンズが部厚く真白になって役立たない）――ふだんはレンズが寒風をさえぎり、眼球を保護していたのであろうか。

私は眼球が冷たくて、瞬きをはげしくした。瞼が段々に重たくなり、そして視界がきかなくなった。前の者に何度かぶつかった。

「変だぞ」と大急ぎで綿入れの大手袋をぬいで眼をこすった。とたんにびりびりと痺れるような痛さに続いて、眼球が凍るようなショックを感じた。指先を見ると氷柱に包まれた睫がたくさん抜けている。

「これはしまった」と、つぶやいたが、既に遅い。眼球はますます冷たく、終日薄目で過ごした。約一ヵ月、睫がはえそろうまでは外に出ると、眼球が水洗いされているようであった。

大豆の絞りかすは、元旦からさらに十日ほど続いて、大半の者は下痢で悩まされた。トイレは下痢便で盛りあがり、夜半駆けこんでしゃがむなり、氷柱をさかさにしたようなその尖端に、お尻をブッツリ突き刺し、野郎ばかりのラーゲルに、トイレ鮮血事件を巻き起こし、大さわぎしたこともある。

この下痢で体力をなくした同胞は、いろいろな病気を引き起こし、特に感冒からの急性肺炎などで、あっけなく他界された方も数多い。

いとしい妻子の名を呼びながら、再び故国の土を踏むことなく、異国の丘に眠る方々に、今ここに敬虔なる合掌、ご冥福を祈る次第である。

（『ゆうべおっと』六号）

私の終戦時（絶筆）

当時（昭和二十年）、私は北千島幌筵（ほろむしろ）島の擂鉢（すりばち）（漁港）で、第九十一師団第一砲兵隊山砲七中隊の残留小隊長として勤務していた。年齢三十歳。

空襲と艦砲射撃

昼間、夜間と定期便のようにやってくる空襲で、三角兵舎（註1）から飛び出して、防空壕にかけこむことが、日課のような日々であった。要所にある高射砲が、木製の擬砲になっていること、北の台飛行場には、ほとんどの航空機が他の戦線に転進していて、迎撃する機が数少ないことなど、敵は先刻承知の上であるから、わがもの顔で任務を遂行してゆく。

敵機Ｂ29の爆撃機は、低空でわが陣地周辺を旋回して、ぽとん・ぽとんと大型爆弾を惜しげもなく落としてゆく。その跡には、教室大の擂鉢型の穴ができている。まともに命中したら、なにもかも粉々で、片腕や肉片が、かなり離れた樹木にこびりついている。

敵の執ような攻撃と、惨状になれた兵隊は、抵抗する手段もなく、「どうなっても運命」と覚悟ができたためか、退避の行動も日ましに緩慢になっていた。

そんなある日、地上での作業中、投下瞬時の爆弾が視界に入った。私は「危ない！」と合図して、べたっと腹ばいになった。爆発地点に一番近かったが、爆風の死角に入って助かった。私よりずっと後方にいた者が、強烈な爆風にとばされ死傷者が出た。もちろん、私が爆発範囲内であったら、それっきりのことである。

夜間空襲で照明弾をばらまかれると、真っ昼間の明るさになり、自分の影がくっきりとついて回るのが不気味で、今にもおのれが消えうせるような悲壮感と恐怖におちいった。

艦砲射撃は、いつも日没時刻から始まった。夕暮れ近く、太平洋の水平線に数隻のマストを発見したら「お化けが来たぞ」と、覚悟をして行動した。着弾地点は数理的に正確で、まず陣地の後方から平行に一斉射撃をし、次に海岸線、その次は中間地点をねらってくる。そんなときは、連日、昼夜兼行でダイナマイトを使い岩盤を掘り続けた山腹の退避壕に逃げこんだ。そして敵の爆撃ノルマが終わるまで、待つのであった。しかし、こんな艦砲爆撃が飽きるほど続いた八月上旬ごろは、「今夜こそは上陸してくるのではないか」という不安を持つようになった。上陸されたら、おしまいである。手榴弾で何人かを殺して、自害するばかりであった。

師団からは、「敵、上陸を敢行したるときは、断じて水際で撃滅せよ」という命令であるが、迎撃装備はまことに貧弱で、時代おくれもはなはだしい代物(しろもの)である。頼りになるものではなかった。

自爆訓練の日々

その頃の、最も情けない気乗りのしない演習に、敵の強力なM４戦車が上陸してきた場合、たこつぼにかくれていて、爆薬をつめた箱をかかえて、敵戦車のキャタピラめがけて飛びこみ、爆破するというものがあった。遺骨箱より大きい木箱につめた爆薬は、相当な重量で、屈強な兵が調子よく投げても二メートルぐらいか。そんなものをかかえて飛びだせば、戦車に近づく前に、パラパラッと撃たれるのは必定。また、広い海岸のあちこちに分散して身をひそめていても、敵戦車が至近距離を通過するかどうかもわからない。この納得のいかない戦法は、人間魚雷や特攻機などから思いついたと思われるが、やりきれないものであった。しかし、やがて終戦となり、演習のみで終わったことは幸せであった。

その頃の食糧事情と筋子の失敗

ある朝の点呼で、整列した兵隊のうしろ姿を、なにげなく見て回ると、ほとんどの兵の尻が、黒ぐろと光っているのに驚いた。原因を調べたら、その頃炊事班が、乙前（おとまえ）の鯨工場から入手した鯨油を料理にたくさん使ったことや、生鮭を半身ずつ飯代わりに、ふんだんに食べさせ、始めは豪勢と喜んだ鮭も毎日では飽きて、脂身の多い腹筋（はらすじ）を選んで食べたからだという。消化できない余分な油は、肛門からも自然ににじみ出ることを知った。毎日の主食は、昆布に米粒がまつわりついた程度のものが多く、米は越年用として極力節約していた。

ある日、日魯（にちろ）漁業の船を借りて、鮭をとりに出かけた。大きな網で、面白がってとっているると、船が沈没しそうになり、あわてて相当量を海に戻した。さて、岸辺に着いて、大半は箱で運んだが、残ったのを、陸（おか）に後向きになり、両股をはって、鰓（えら）に指をつっこみ、力いっぱいで陸の遠くにほうり投げた。鮭はピンピンはねて、ほとんどは小高い所を越して海に戻ってくるのである。この利口な努力に、一同は全く感心した。

炊事班長が、正月用にと、筋子を醤油の空樽につめて、手柄顔をしていたが、これは間もなくむれて駄目になった。原因は塩加減と、樽の底に汁の出る穴をあけなかったからだという。「十五樽も仕込んで、もったいない」と、みんなはしきりに残念がった。

二十年の春から、内地からの軍需品輸送船が、さいさい敵の潜水艦にやられた。食糧や軍事郵便がとだえたときは、みじめであった。しかし、生魚や野草、缶詰食品があって、あとでシベリア抑留で体験した飢餓状態の日々のように重い栄養失調で倒れる者はいなかった。

終戦の詔勅

八月十五日、小隊全員が集合して、異常な緊張の中で終戦の詔勅を聞いた。雑音がひどくてよく聞きとれなかったが、哀調を帯びた言葉のはしはしに戦争の終わったことを知った。みんなの心情は悲喜こもごもであった。思わず「わあー」と、ばんざいの姿勢で跳びあがった兵は、古参軍曹に「バカヤロー」と、なぐられた。

数日前の爆撃で通信網がやられ、本隊との連絡がとれなくなっていた。「さて、これからわれわれは、どう行動すべきか」の重大な問題について、下士官以上が集合して協議した。

みんなが終戦を知ったからには、これからの団結、秩序ある行動は、私的な独断専行は避け、みんなの納得、合意を尊重すべきだと思った。議論は夜を徹したが、結論が出なかった。

翌早朝、日魯漁業の関係者は、数隻の漁船に社旗をかかげて、全速で南下した。それを見てからの第二回幹部会は、昨夜と違って、軍人としての誇りを捨て、一地方人としての感覚で、人間性丸出しの意見が述べられた。

一、小隊には日魯から借り受けた独航船と、稚内まで行ける油が保有されている。しかも、わが隊には、こんな船の船長兼運転を召集されるまでやっていた者、さらに機関士もいる。軍服をぬぎ、日魯のような旗をたて、日魯にまぎれて帰還してはどうか。どうせ敗戦で、このあとはアメリカか、ソ連に殺されるのに決まっている。もう軍事裁判もなければ、逃亡の罪にもなるまい。ぼやぼやしていて皆殺しになるより、一刻も早いほうがよい。

二、その独航船で、磐城の本部に急行すべきだ。五時間ぐらいで着く。

三、ろくな道はないが、陸路を選ぶべきである。途中、這松（はいまつ）と榛（はん）の密林があるが、まる一日かかれば着くと思う。

四、敵は、隊の移動を警戒している。船での北上、陸路の移動は、機銃掃射や爆弾でやられるに決まっている。苦労はしても、海岸線に沿って疎開して行けば、全員無事に合流できる。

以上四件について、真剣に議論したが、一は軍律に反し、あまりに卑怯この上もない。撃沈されては、汚名を残すだけである。仮に生還しても、親・兄弟・戦友に顔向けができない。逃亡行為はしたくないとの意見が強く、結論は一番難渋と想われる海岸線が選ばれた。

満月と拳銃

波打ちぎわに沿っての行軍は、砂浜もあったが、大きな岩石に塞がれたり、ゴロゴロ石の続きが多く、迂余曲折（うよきょくせつ）、べらぼうな道のりであった。幾度か川をこいで渡り、足に力を入れて石をまたぎまたぎ歩いたので、軍靴の底がはがれ、足裏の皮までふやけて、厚くむくれた者まで出た。炎天下で、重い装具のため、汗は軍服を通した。川水を飲みすぎ、下痢をはじめる者もいて、体力は音をたてて減退した。

過労が重なると、弱気になるものである。私は出発前に、処分した物件についての責任が気になりだした。兵器類、独航船などを使用不能にし、毛布とか衣料品は、油をかけ焼却した。また土中に隠匿（いんとく）、敵の使用を封じた処置は正しかったのか、やり過ぎであったのか。こんな難行軍を選んだのは、あまりに敵の攻撃を恐れたからか。兵員がみじめな動作になってくるにしたがって、私の苦悩は厚く重くなった。

磐城まであと三分の一ほどの地点で、真っ暗になり、仮眠をすることにした。汗で濡れた軍衣は、生乾き。冷えてくる外気で身ぶるいをしながらも、うとうととしたとき、兵のかっぱらい事件で目がさめた。たかが、戦友の羊かんをとった、ということであるが、この事態では、無性に情けなく、腹が立った。憤怒のかたまりが膨らむ反面、気力はめめしく落ち込み、死を考えていたのか――。もうろうとして拳銃を引きぬき、宙にかかげたとたん、海上の満月に気づいた。じっと眺めていると、その月面から老いたわが母と、新婚三日目で別れた妻の姿が現れ、私に近づいてくるではないか。私はあわてて拳銃を納めた。――私は極度に疲れていた。

幌筵海峡にわきあがる兵団歌

毎日が壕作りで、行軍などで鍛えていなかったわれわれは、疲弊こんぱいして翌日昼ごろ、幌筵海峡の見える磐城近くの丘にたどり着いた。そのとき、偶然にも海霧のたちこめる海峡から「兵団歌」（註2）の斉唱が高らかに湧きあがってきた。

海霧の切れ間に、大発動艇の数隻が、兵団歌を歌う兵士を満載して、占守島に流れていくのを見た。これは終生忘れ得ない感動であった（あとで知ったが、この歩兵部隊は、占守島村上湾付近で、上陸したソ連軍と激戦し、全滅に近い決戦をされた）。

海岸の行軍を選んだことで、安全であったのか。ともかく、本隊に到着したら、戦友は大きな拍手でねぎらってくれた。道中のやつれを見せまじと、身づくろいをし、残留小隊全員が整列し、中隊長に到着の申告をした。

撤去の処置について、どんな詰問を受け、どんな責任を問われるかを、深く案じていたが、詳細の報告を聞き、「ご苦労であった」と、なんのとがめもなく、かえって張り合いがぬけた。そして、満月を前に、バカげた振る舞いのあったことを深く恥じた。

つかの間の戦闘と武装解除

翌十八日零時すぎ「占守島竹田浜付近に敵艦船接近上陸せんとす」との情報が入り、戦闘配置についた。敵はそこで艦砲射撃をして南下、夜明け頃、わが陣地よりの視界に入る。「射撃開始」。私も一小隊の指揮をした。磐城地区からの一斉射撃で、敵はいったん後退したかに見せ、十時頃、城ヶ崎に向けて二度目の猛射撃をして上陸、激戦死闘を展開した。

明けて十九日、国端岬砲兵陣地は敵に包囲されて、無数の敵兵が、陣地の入り口に手榴弾を投げていたが、見ているより以外にどうにもならなかった、と後で聞く。午後になって、その地区の隊員は大観台に集結せよとの撤退命令が出た。

そのような激戦は、占守島の各地で行われたのである。

（昭和五十年に、札幌市中島公園内に「北千島戦歿者慰霊碑」が建立されたが、北千島での戦歿者の多くは、終戦後のソ連侵略を迎撃した占守島地区の兵士である。昭和四十年以来、毎年八月に慰霊祭をしている）

八月二十日　　北千島戦闘停止。

八月二十三日　北千島武装解除。

幌筵島の部隊は、柏原の北の台飛行場に集結させられ、武装解除の敗北感を深刻に味わった。山と積まれた携帯兵器を見て、丸腰になったわが兵士は、心の底から泣いた。

やがて各隊は順次、ソ連の油槽船によって運ばれ、ソ連の各地で強制労働をさせられた。想像に絶する苛酷な日々であった。

私は極寒のシベリアで、三たびの冬を過ごし、昭和二十三年の夏、栄養失調と心臓脚気の身で、どうやら生還、復員した。

註1　三角兵舎＝長方形の垂木（たるき）の枠に、板をうちつけたパネル（ほぼ畳一枚の大きさ）を組み合わせて建てた兵舎。建物の半分は、土を掘って埋め、窓は天井につけてある。そして、屋根には草をかぶせて擬装した。

註2　北千島兵団歌＝昭和十九年、北千島第九十一師団で公募した当選歌（長沼静人作）に、師団長（堤中将）命で、私が作曲した軍歌。

（『ゆうべおっと』昭和六十年十月―絶筆）

第二章　音楽の教育者として

音楽教育の反省

最近の音楽研究課題

現在（注・昭和二十九年）全国的に音楽教育の研究課題になっている主なものとしては、文部省音楽実験学校で研究されている『児童発声』と『読譜指導』の問題でありましょう。その実践学校の研究は三ヵ年継続して研究され、その第一回の発表が昨年五月仙台市において、第二回は本年千葉市においてきわめて盛会に開催されました。北海道において昨年来実施された音楽研究会で最も大きなものは、去る七月末函館において行われた『東日本音楽研究会』であったが、これも主となるテーマは『児童発声』でありました。

この二つの課題はいずれも音楽教育には重要なことであって、発声の問題などは大正十年から論議され始めてからかれこれ四十数年にもなるのに、いまだに全音楽教育界の中心問題になっているのであります。

学校音楽も唱歌科の時代から見ればきわめて範囲も広くなり、歌唱・器楽・鑑賞・創造的表現・リズム反応と音楽経験を通して行われることになっていて、種々の分野があっても発声はまず根本的に大切なものでありましょう。音楽の授業においてたとえば創造的表現を充分と心得ていなくても、児童の体躯・入学当初の発声状態とその指導・男児変声期の発声・嗄声・音痴の指導を心得ていなければ、まことに乱暴な指導になって児童によっては取り返しのつかない事態を生ずるかもしれません。

また世界共通の音楽文字、楽譜を読ませるように指導することは従来の慣習から非常に機械的な業で容易なことではないとの考えを抱いていたとしても、読譜指導に関心を持って行われない授業は現今においては幼稚と言うよりは、投げやりな責任のない授業と言われても仕方ないでしょう。読譜できなくては音楽を真に理解すること及び合唱するにも困難ですし、事実、中三の学力テストの音楽の問題はその大半が読譜力なくしては解答できないものに移行しています。だからこそ『児童は、読譜の学習でどのような点に困難を感じるか。教師はそれらの困難点を排除するためにどのように指導するか』の問題に対して熱意を込めて研究しているのは当然のことでしょう。なかんずく前記仙台市における研究会などは、全国から参集した音楽指導主事、その権威者及び現場における研究者の熱心な討議は実に特筆すべきものでありました。この尊い研究課題は来年度において一層科学的にして記録的な（テープに過程を録音）成果をみるよう努力されていますが、それらの問題以上に私は『楽しくて面白い、そして正しい音楽授業のあり方』という研究がもっと盛んになされてほしいと切望するほど、この当然のことで最も重要なことが等閑視されているのではないでしょうか。

楽しく正しい音楽教育

どういうものか一般に他教科に比して楽しかるべき音楽教科が、実際授業面に入ると楽しくなされていないような気がするのです。音楽そのものを好まない教師も、子どももいないはずであるのに、音楽の授業を好まない教師が昔から多いように思われ、子どももまた多いように考えられる。誰が考えてみても、子どもが音楽を好まないとは思わない。比較的な話でありますが、日常家庭でよく歌をうたう親の子どもは歌が上手で音楽を好むし、また小学低学年において歌をよくうたう教師についた児童は明るい笑顔で学校生活を楽しんでいるのですが、長じて高学年、中学校に進むにしたがって学校の音楽授業を好まない傾向が強いのではないでしょうか。中学校の変声期においては、一時的現象として、そのような段階のあることはうなずける。しかしそれとてもその変声期には変声期における楽しい音楽の指導法はあるはずである。特に中学校においては『音楽』が知的教科のごとく取り扱われるので生徒は逃げたくなるのではないだろうか。まことに楽典などは実際にピアノ・オルガンをある程度まで基礎からキチッとやっておれば、理解しやすいばかりでなく、器楽を通して疑問に思ったことが氷解してうれしいものであるが、有鍵楽器で譜を見て簡単な歌曲も弾けないのに、和音がどうの、転調が、いや関係調がどうの――では面白くないばかりか、理解困難で音楽が音我苦に思うのは当たり前でありましょう。そして流行歌を真似て歌い、安易な音楽的憩いを持つに至る――。

これは、学習指導要領の教育目標の要望が高すぎてあまりに理想論なのであろうか、それとも教師の指導者に必要な資質の不足からでありましょうか。

音楽教育の目的

『音楽経験を通して、深い美的情操と豊かな人間性とを養い、円満な人格の発達をはかり、好ましい社会人としての教養を高める』これが音楽教育の羅針盤である。音楽教育の基本方針もこの目的からみちびき出される。即ち第一は好ましい社会人としての個人の育成を目ざして行われなければならない（教育目的）、第二は音楽の特質によって行わなければならない（教育内容）、第三は音楽経験を通して行わなければならない（教育方法）となります。

音楽が品性や人格を高めたり、社会性を伸ばしたりするために有効であることは、すでに古い時代から知られ、以来多くの成果を残していることは世の人の知るところであって、新しい音楽教育もまたこの点に着眼することを忘れてはいません。さて、私たちは基本方針の一によって、音楽教育のあり方や目標を知ることができます。従来のように音楽教育を特別視して孤立させたり、いたずらに専門教育化して技術の指導のみに走ったりすることを慎んで、常に人間育成を目ざす目的に向かっての音楽教育でなければならない。したがってこの方針が意図する具体的目標は、音楽に対する理解を深め、音楽愛好の態度を養い、豊富な音楽経験などによって豊かな人間性を養うことであります。そして円満な人格に欠くことのできない美的情操を音楽によっても養うということは音楽の特質に価値を見出したもので、いわゆる音楽美によって人間の美的情操を高めるという観点に立脚して、私たちは平常の音楽指導を折々反省してみなければならないと思います。

技術面に偏したり、理論面を過重視したりする指導はさけたい。私は教師の指導力に応じて、なんとしても美しく愉快ないきいきとした音楽の授業がなされれば、まず成功の第一歩と考える。音我苦であってはなんで教育目的に添いうるでありましょう。

音楽的な素質のあるものは特別な指導をしなくても、その道に進み、自ら音楽的生活を持つようになる――ということも言われ、また、学校音楽はその指導方法にまあそうくよくよすることもないと、いまだに楽観されている向きもよく見かけます。

私の受けた小学校時代の音楽教育――恩師の面影

私の小学校における大半をお習いした恩師Y先生は現在M町で校長をなさっておられるが、クラス会でお招きしたり、なにかの会でお会いしたりすると『私の三十年の教壇生活で君のような音楽をやる生徒がでたことは私の大いに満足するところであり、また自慢でもある。唱歌など一時間も教えなかったのに、私の無形の音楽的なる指導が功を奏したのだ』とよく言われ、このほどその学校の校歌を作るようにと光栄あるお引き立てをいただいていますが、実に当時の唱歌時間は通常、自習あるいは綴方、図画、体操、お話の時間、とそのつど変化ある処置がとられ、学芸会近くなると唱歌の得意な先生がみえられ、急にむずかしいことを要求されるので、気の弱い（?）私など一番後方に席をとり、人のかげに身を伏せたものです。また四年生のときお習いした若いA先生は、あるとき大きな湯呑みを持って教室に現れた。私どもは手品でもなさるかと拍手をして迎えたところ、意外にも「唱歌をやる」と宣言、一同驚きと興味で習ったのは、ここはみ国の何百里……の『戦友』でありました。哀調切々と、今から思えばかなり随所に、シンコペーション、フェルマータなどを入れて適宜編曲されて歌われていたようです。そしてA先生は一回歌うごとにお茶を飲まれ、咽喉に青すじを立て、顔を赤くして真剣に歌われたので、私どももその劇的な所作に感動し、先生のようにして、またその旋律の物悲しさに、歌詞の意味もわからないままに、いろいろ不幸な悲しいときの祈りのような気持ちでその後折にふれ歌ったものです。四年生の唱歌もこれ一時間が最初で最後でした。

また六年生のときの受け持ちF先生はよくオルガンを弾かれたが、和楽になれていなかったのか伴奏がやたらに耳に入って、旋律が聞きとれなく閉口した記憶がある。そして一学期二学期を通じて（三学期は入学試験準備で進学するものは唱歌をしないで他の勉強をした）『児島高徳』という歌曲一つであった。数十時間をこの一つの教材と取っ組んで終始一貫、実にデリケートに指導された。反覆、訂正、反覆、訂正。私どもは音符がわからないだけに、唱歌の神秘性を感得し、芸術の道の容易ならざることを覚えたようです。それは歌曲の幽玄さというよりも、唱歌の時間はきわめて緊張することを要求され、少しでも気をゆるめると後の時間は説教であったり、一喝叱られたうえ、それぞれ独唱をさせられ、こっぴどく批評されたりしたので、いやが上にも儀式的な静けさの中で授業が続けられました。しかしこれらの想い出は、今想えば楽しい印象的なもので、とやかく申し上げるつもりはありません。たまたま恩師の音楽授業の印象をあれこれ書き立てまことに申し訳なく存ずる次第です。むしろこのことについても、私は、今盛りだくさんなカリキュラムに従って、生徒がよく歌えもしないうちに新しい曲に入るのと比べて、なにか深く考えさせられるのです。

音楽教育の反省

これらの想い出は私の児童であったときに受けた音楽授業の一端であるが、さて三十年後の現在においてはどうでありましょう。

1. 児童の好む歌をなんとなくうたい、読譜指導も、器楽の設備があっても手がけないで手間のかかることは、どなたか好きな先生に次の学年にでもやってもらおうというもの。

2. 唱歌コンクールに出る特定の児童だけは立派な発声指導を受けてコーラスを楽しんでいるが、一般のレベルはその割に向上がなく、ちょっとでも音程のはずれる児童を簡単に『軽い音痴』などと区別し、特別な指導などされていないもの。

3. 一つの分野、たとえば器楽一辺倒で押し通し、特定の児童だけが音楽を楽しみ、各分野の有機的総合的な取り扱いに関心を持たないもの。

4. ひとたび歌えば細部にこだわって強制的な理論の押しつけ、数学の駄目な子は音楽も駄目という知的取り扱いのもの。
5．それよりも音楽が不得意であるとして、交換授業はまだよいとして、全く音楽授業をなされていないもの。
6．中学校においてはアチーブ中心の授業で、歌唱及びコーラスなど、クラブ活動または文化祭など行事の前にだけに力を入れるというようなもの、などなど。

このような授業がなされていなければ幸いであります。しかし設備の事情で集団指導（学級合同）などやむを得ないものもありましょう。だがなんと言っても師範学校が学芸大になって、そこを卒業された先生が〝音楽は苦手でね〟と逃げられるようでは、三十年以上の逆行であり全く学校音楽の退歩と言わなければなりません。

教科書は年々現場の声を反映し、指導しやすく、子どもに愛されるような美しく立派なものがどんどん出てきました。音楽教育は音楽をもって、音楽の技を大いにねり、総合的なもっと楽しい音楽教育、もっと面白く正しい音楽教育をしたいものです。

つまり『音楽的感銘』によって人間教育を押し進める、リズム反覆とか創造的表現などの各分野もそのためのものであって、この当たり前のようなことが主客転倒しては音楽教育の目的が宙に浮いてしまいましょう。そしてそれぞれの子どもに授業においてなにかうれしいような気持ちを持たせ、生涯を通じての音楽に入る動機を与えてやることが私どもの大切な責任ではないかと思うのです。

楽しい面白い授業から→楽しい音楽→音楽的な生活の発展→音楽を通しての人間探求→立派な人間性のある社会人、というふうに考えられるのであります。

（昭和二十九年八月二十五日『教育空知』第二十五号）

歌える創作を

1．創作に対する一般的観念

創作は専門的なその知識と技術、それに特種な才能がなければ容易にできないものときめてかかっている人がいる。即ち楽典一般、和声、楽式、対位法などをよほど研究しなければできないものと印象づけられて、そう思いこんでいる人が昔の教育を受けた人に多いように見受ける。昔はそれほど作曲することを偉大に誇示したのかもしれない。

それは作曲家になって大いなる作品を作るには、どうしても深く研究しなければならない。専門的教養であるが一部・二部形式程度の創作ならばまず誰でもできると考えたほうがよい。

もちろん創作に必要な知識、技能をもった生徒ほど、よい作品を作ることはたしかであるが、理論をおしつけられても創作意欲は湧いてこない。あの数量的に音符を小節にはめこんで歌えないリズムと音程で、その音符の上下配置よろしく、知らないものならいちおう楽譜らしく見える生徒の作品に接して、慨嘆これ久しく『こんなばかなことやめた』という経験は、創作を指導された先生ならみんなお持ちであろうと思う。しかし生徒をここまで持っていったらほぼ成功で、ここでやめてはせっかく熱心に努力した指導も水の泡である。

2. 創作を指導する教師の資格

指導要領「創作の学習指導計画上の諸問題」の中に創作を指導する教師の資格として一般教養のほかに次のような知識、技能、理解その他が必要であろうと、六項目の条件が示されてある。この資格条件を見て「なるほど自分はおおむね条件を具備している」と自信のもてる優秀な教師は今のところ全国的にもあまり数多くはないであろう。これは将来性をもった理想条件で、その必要性に対して異論はないが、この条件にこだわると音楽の指導部面で一番陥没状態になっている創作指導が容易に活発化しないと憂うるからである。

私はその条件項目のそれぞれがたとえ「不充分」であっても――指導要領は、あまりに充分な状態を強調しすぎている――指導する教師が（1）常に生徒と親しみつつ音楽生活を愛し、（2）音楽的感受性が強くその創造と表現意欲が旺盛であり、（3）創作の経験があって自分の作品を大切にしている教師であれば、立派に地道な指導ができると痛感している。

3. 誰にでもできる創作

ちょっとした楽譜を初見で視唱できるまでには、相当な努力と年数を要するということを考えてみるとよい。であるから楽器の助けを借りないで自分の思うままの旋律が書けるというのは、専門家のなすべきわざと言わなければならない。たとえば小学校で、教科課程、特に施設と時間数などの関係で音楽教育の系統的指導が充分に整理されず、音楽の学習を旧来のごとくただ歌唱のみによってなんらの有機的な指導、創作指導に結びついた学習がなされていない場合。それに、今の中学校はまさに「理論音楽」である。歌声の少ない音楽教室、そのようなところに、歌いながら作る、書くということが果たして可能であろうか。

私は誰にでも楽しく無理のない創作をさせるには、ピアノ・オルガンが一番よろしいが、そのほかの楽器でも楽譜を見て演奏できることが要訣であると思う。いちおう小学二、三年程度の歌曲が単音で弾けたら、歌える創作をするし記譜もたしかなものである。――このことは昭和三十一年度の全国音楽教育研究大会に創作についての発表以来『総ての生徒に創作を』と念願して指導してみたが、楽器を手にしないで歌える創作をする生徒はごくまれで、その作品は器楽をよくする生徒に比べると旋律が単純で、いつも同じようなものばかりで進歩が認められなかった。

読譜指導に力を入れてみたところで中学校のあの時間では知れたもの。まして創作するための理論をいかにうまく教えても理解こそすれ、その目標である創作意欲をもりあげて創作をするという段階までになかなか到達しなかったが、器楽の普及につれて、またそれぞれの生徒の上達とともに創作活動は盛んになってきたのである。このことは器楽と創作が密接な関係があるということである。

4. 創作の目標――指導要領より――

1. 創作活動を活発にして、創作の興味を刺戟し、各人の能力に応じて創作力を高める。
2. 唱歌形式による旋律を作る。
3. 詩に旋律をつける。
4. 伴奏を作る。
5. 合奏のための編曲をくふうする。

伴奏は、和音と旋律の関係を指導して、伴奏形を示すと理論的に作りはするが、一般の生徒は、簡単な伴奏でも弾ける生徒の興味に比してあまり喜ばない。もっともなことである。生徒にとっては割合頭を使う作業である。編曲は伴奏を作る段階を登って余裕があったら簡単な課題曲を示して、協同研究のかたちで取り扱うこともよいが、専ら器楽クラブあたりの課外指導にゆずらなければならないのではなかろうか。

5. 各学年の指導目標と内容

――理解すべき理論とその要素的なもの――

中学生が習得して創作する程度は、ほぼ別記（別表1）の範囲が適当でないかと考えられる。指導要領には二年三年に数種の長調の主要三和音、和音（属七を加えて）の連結法を習得させるようになっているが、時間的にやや困難である。

6. 各学期における指導重点と創作生活（別表2参照）

［別表1］

	1年	2年	3年
各学年の指導目標と内容	大楽節の構成を理解して、一部形式の旋律を作る。	一部および二部形式の旋律を作る。	一部、二部のほかに三部形式の旋律を作る。
	長調の主要三和音で、終止形を作る。	数種の長調の主要三和音の連結法を習得する。	同左
	簡単な詩に旋律を作る。（一部形式）	同左（一部、二部形式）	同左。簡単な和声づけをする。
	楽譜を正しく、きれいに書く。	楽譜を正しく速く書く。	楽譜を正しく、きれいに速く書く。
理解すべき理論とその要素	動機（心に浮かんだ感興を充分に表現できるよう、リズムの表現が大切）	二部形式における旋律の構成、照応および中間楽句の構造。	三部形式の旋律の構成、照応および中間楽句の構造。
	前楽節と後楽節の統一。	旋律線、曲想と旋律線、音進行。	旋律と和声。 旋律の頂点。
	メロディー（旋律のはじめ、半終止、完全終止）	小さな踊りの曲ができる。	唱歌形式によるものの組み合わせ。
	形式、一部形式。自由な短い形		伴奏形。
			マーチ、舞曲、小曲の作曲ができる。

［別表2］

	第一学期	第二学期	第三学期
指導の重点	分析と同時に、模倣しながら、理屈の上でなく、実際音符の上で作ってゆく。そうして、全体の感じ、記譜などについて反省する。	多くの資料から、創作に必要な理論を抽出して、それを裏付けとして作ってゆく。そうして、技術を身につけてゆく。	それらの作品を整理し、反省、批判しながら、次の計画をたてる。
創作と生活	運動会の応援歌を作る。	課題発表会。	創作集の整理。
	クラブの歌を作る。	学芸会劇中音楽を作る。	同窓生の歌を作る。
	学級歌を作る。	パーティーの歌を作る。	校内作曲コンクール出品。
	夏休み課題。	写譜展に出品。	年度における生徒作曲集を刊行する。
	校内放送で作品発表。		年間における優秀作品の発表

7. 創作への基礎指導

中学生といっても、出身小学校によって学習範囲がまちまちでもあるから導入段階を小学校四年程度のところから、復習的に創作的基礎をかためると間違いない。

★その具体的方法――

1. 音符・休符の種類、長さ、を聞き書く作業によって整理確認させる。
2. 各種リズム型を創作し、リズム譜を見て反射的にリズム唱、拍子が打てるように指導する――『リズム的衝動はそれ自身直ちに創作欲となる』。
3. 各種拍子の必要性とその楽譜の書き方を音楽を聴かせながら指導し、強弱関係を指揮法とあわせて指導する――拍子感覚の重視。
4. 拍子とリズムの学習――(イ)縦線を入れて小節を区切る。(ロ)旋律にリズム記号を入れたり、リズムだけの書き取りをする。(ハ)拍子変え練習。(ニ)律動感に伴う速度感を会得させる方法として日常のことばを各拍子で歌わせてみる。
5. 階名唱、音高の書き取り、聴音記譜の指導――平常より主要三和音の聴音訓練をなし、和音唱法の練習を重ねることは、相対的に音程を確かめる尺度ともなって視唱はもちろん、楽器の助けを借りないで創作できる重要な方法である。
6. 旋律の組み立てから拍子をつけてゆく学習。
7. メロディーカード、リズムカード「音楽かるた」式の作成とその学習。

8．ある楽節を暗譜させ、それを記譜させる。敢然と楽譜に体当たりして視唱への勇気と興味を喚起する法——生徒は異常な関心を持ち創造的興奮を抱くものさえある。
9．空白の音、小節をうめさせる。——初めは既習歌曲、徐々に練習新曲。
10．このあたりから動機を与えて小楽節を作らせる。——共同唱和制作、採譜板書。
11．歌詞を与えて自由に歌わせる。——それを採譜して板書し、ピアノで弾き、みんなで歌う。
12．いよいよ「一部形式」の作曲にあたっていちおう理論的整理をする。
13．歌曲を作曲する場合の順序と共同創作。作曲過程を会得させ、このとき作曲の苦心、エピソードなどを話す。

8．むすび

「創作指導上に留意すべき諸点」についてもこの折に言及したかったが、紙数の都合で割愛します。音楽そのものが創造的表現であり、その創作指導の最も基盤となるものが創造的表現であることは他言を要しないことである。
　創作意欲＋記譜表現＝創作　は他の音楽指導部面に比して決して容易でないものがある。この式のとおり予期したときに、予想した目標の答えがはっきり現れなくても、日々の授業そのものが創作の活動を意図したものであり、楽しい創意に基づく学習であるならば、それはそれで創作教育が地道になされていると考えたい。そうして視唱に熟練して、器楽指導の充実がより楽しい意欲のもりあがる創作学習になることを強調してこの稿をとじます。

（『教育音楽』「中学校版」昭和三十二年九月号）

変移する嗜好性を理解しよう

1. 嗜好性の時代的変遷

音楽に対する嗜好性は、各個人の育った音楽的環境と音楽経験の度合いによって著しく相違し、その時代に隆盛をきわめた音楽が、その時代に育った子どもに影響、反映していることは論をまたない。

大きな朝顔ラッパのついた蓄音機を珍しがり、ラジオも普及していない時代、村の神社祭典に現れる辻音楽（演歌）師を円陣で取り囲み、ガリ版刷りの流行歌集をあがない、胡弓のような音を出して弾きまくるバイオリンにあわせて歌うことが、唯一の社会的な音楽参加であった大正時代の青少年。やがて軍歌一辺倒で育った者と、現在のテレビ・ラジオが生まれたときから日常生活の中にあって、またステレオの普及に伴い、その音楽的感覚は時代とともに変化し、国境や年齢を越えて、「偏見がないという大きな偏見」に落ち込みつつある子どもとは、これまた比較にならないほどの時代的変遷、相違がある。

そして、学校で取りあげてきた音楽教材との間には、ギャップが生じていることは事実であるが、その嗜好は個人、学年、男女別によって異なり、一般的にポピュラー、モダンリズムの音楽を楽しみ、特に音楽を深く愛好する生徒は、クラシックを求めるという傾向である。この段階はいつの時代にあっても同じようである。

この稿を草するにあたって、各学年の鑑賞・歌唱教材と、それ以外の音楽についても調査し、ふだんの学習や生活に現れた反応、話し合いによって、半年近くも雪の中に生活する本校生徒の嗜好は、おおむね次のようにおさえた。

2．鑑賞における具体的傾向

（1）楽曲のリズム

明快で、テンポの速いモダンリズムを好む。シンコペーション、三連符をよく消化し、その愛好するリズムは次の順位となっている。ワルツ、メヌエット、マンボ、タンゴ、サンバ、ボレロ、ルンバ、ガボット、ポロネーズ、ポルカ、チャチャチャ。

（2）旋律

ふつうの長・短調感では物足りない。短調で、楽しさを感じさせるものが最も多く、長調で深遠、静かな感じのあふれているもの。また転調のよく効いた曲。勇壮活発剛健なものと、ナツメロ調の好む者は、ほぼ同数。

・雪の降る街を（内村直也詞、中田喜直曲）

・雪になりたい（横井弘詞、いずみたく曲）
・踊る少女（フランス民謡、武鹿悦子詞、梶山三郎編曲）

（3）和声

ふくよかな和音の美しい響きは当然のことと肯定しているが、ギターの普及、軽音楽、現代音楽の影響で、複雑・強烈・不協和音も平気で受けとめている。

（4）歌詞

口語体、現代語でロマンチックな内容と表現をしたものを要求している。難解な漢語を使った文語調は、もちろん敬遠しているが、昔から歌われている名曲は、メロディーとムードにひかれて、あたかも外国語で歌っているような調子で、意味・内容など理解不充分のまま平気で歌っている。たとえば「荒城の月」、「仰げば尊し」など。

（5）音楽の様式

まことに、今はやりの「ショート・タイム」のもの。ドーナツ盤片面ぐらいの時間で、まとまっている曲を大半の者が好んでいる。しかし、共通教材の交響曲「田園」などは、教科書の解説を読ませ、時間をかけない適切な補足をし、各楽章の演奏時間を承知させて鑑賞させれば、静かに学習態度をつくろって聴いてはいる。全曲を聴くのは、大半の生徒が初めてであろう。弦楽四重奏「アメリカ」にしても同然。初めての珍しさで静かに聴く。――それでいいのだ。教材はあくまでも教材で、各学年相応の理解しやすい音楽の各様式を、基礎的学習として与えておけば、将来自ら求める者も育つはずである。

すでに「運命」「未完成」などのレコードは、たくさん各家庭に入り込んでいるので、この種の西洋音楽を聴く耳は持っているが、日本の伝統音楽はまた別である。長唄「小鍛冶」、箏曲「五段砧」、三曲合奏「四季の眺め」など、学年相応の解説で、納得という鎮静剤を服用させ、おもむろに学習として鑑賞させないと失敗必定である。

(6) 演奏形態

なんといってもふだん気軽に聴きたいのは、軽音楽編成のもの。落ち着いて聴くのであればオーケストラ、続いて独奏、協奏曲、弦楽四重奏などは高尚すぎるのか、あまり親しみをみせない。

3. 嗜好性を尊重した音楽教育

今年の三月、文部省小学校教育課程研究指定校の旭川市立朝日小学校が、「音楽科における指導計画と学習指導の改善について——特に視聴覚的方法を中心として——」という主題で、実践研究を発表した。ミュージックラボラトリー、OHP・TRを縦横に駆使しての各学年の授業は、子どもの嗜好性を重視し、モダンリズムを巧みに取り入れ、これからの音楽教育を示唆するみごとなものであった。

圧巻は、全校音楽朝会で、全校児童の鍵盤楽器を中心とした器楽合奏と歌唱のメドレーである。八十名編成の器楽クラブと全校児童との共演。その編曲が現代っ子の音楽感覚と嗜好をあらゆる角度から吸収して、立体的に構成され、実に躍動しているのである。歓喜の中に存分に演奏される音楽行為は、規律ある行動が的確に展開され、参観者は完全に魅了され、瞠目して鑑賞した。

午後の研究演奏には、器楽クラブによって、組曲「展覧会の絵」より四曲。ペレスプラードの代表作「エル・マンボ」、別名「マンボジャンボ」が素晴らしい編曲で鮮やかな演奏がなされた。朝会音楽、ならびにこれらの曲を編曲した同校の松浦欣也教諭は、「キエフの大門」同様、「エル・マンボ」は子どもたちの希望曲の一つで、合奏練習日にこの曲を演奏しなければ不満のようです、と語っていたが、現代っ子の嗜好性を端的に表明していると思われる。

4．ポピュラーとクラシック音楽

音楽は種類も多く広範囲にわたり、しかも柔軟な抱容力と説得力を持っている。それゆえに現代に生きる生徒の嗜好性を常にたしかめて、これを巧みに活用して、満足の憩いを与えつつ、授業はもとより、音楽の諸活動を進展させたいものだと思う。

小・中・高校生を問わず、このマスメディアの発達した今日、彼らがもっとも多く耳にし、親しんでいる音楽は、いわゆるポピュラー音楽である。クラシックでもなければ、教科書にのっているような音楽でもない。彼らがポピュラー音楽に興味を持つのも当然なら、自分で弾いたり歌ったりしてみたくなるのも当然である。その当然なことをして、文句を言われては立つ瀬がなく、反抗もしたくなるであろう。

時代の音楽は子どもに敏感に反映し、先年のエレキブームに、多くの学校ではその処置に困惑したが、もう今では昔話のような状態である。

したがって、われわれは、学校教育の中で常日頃、ポピュラー音楽とはなにか、そしてクラシック音楽とは、つまり芸術とはなにか、ということを具体的にはっきりつかまえて、指導しておく必要があると思う。

芥川也寸志氏は、「学校における音楽教育で、まず、人間と音楽とのつきあいとは、どういうものであるかを教えることであろう。そうであるなら、ポピュラー音楽が教材にならないこと自体がまったくおかしいばかりか、芸術とのつきあいの意味をわからせるためにも、絶好な教材で無視することはできない」と述べている（昭和四十七年七月六日　朝日新聞）。

5．むすび

現代の生徒は、幼時よりテレビ、ラジオなどで、多様な音楽を聴いているので、幅広く各種の音楽を聴く耳ができている。

嗜好性を理解、尊重するといっても、それを取りあげるのには限度があり、教育の営みが嗜好によってまったく左右されることには問題があり、さりとてそれを無視できない現状である。

嗜好もふだんの指導と学習的経験によって変移する。
嗜好性を把握尊重し、これを巧みに学習、生活の中に取り入れ、体系のある音楽教育を生き生きと推進し、いい音楽を愛好する情操豊かな人間を一人でも多く育てたいものと祈念している。

（昭和四十八年五月『教育音楽』より抜粋）

学校オーケストラと学校諸行事

1. 江部乙町の沿革と地域社会の環境

町の始まりは、明治二十九年、屯田兵四百戸の移住をその嚆矢とし、りんごと水田の農村は、昭和二十七年、人口一万となって町制を施行し、本年で開基六十九年を迎う。

位置は、函館本線で札幌二時間余、旭川一時間の地点。国道の舗装十二号線は、街の中央に走り、特急バスも停車し、雨竜に通ずる延長九百メートルにおよぶ江竜橋も、今秋完成の予定。近隣市町との交通はさらに便利になる。

学校は、小学校三、分校二、中学校二、道立高校一、各種学校四で、町は平和にして、住民は田園的純朴さをもって、勤労意欲旺盛。農村としては、全般に上位の文化的経済生活を営み、中学卒業生の八十五パーセントは高校・上級学校に進学している。

2. 本町の音楽歴ならびに本校の音楽（器楽）教育のあゆみ

江部乙町には、大正の初期、明笛・大正琴の流行した四十五年も前に、五～六人編成の当時としてはいちおう整った青年団有志のブラスバンド、いわゆる「楽隊」ができていて、紋つき羽織はかま、靴ばき姿で、近隣町村の運動会にも招かれて、演奏活動がなされた。
また、昭和十年頃は、本校で音楽教師をしていた森本が中心となって、「江部乙新響音楽会」を結成。洋楽部・邦楽部に分かれていて、その会員は五十数名。会長は、村長または小学校長で、毎年三月に定例発表会を盛大に開催し、近隣町村に演奏旅行をするなど、町の文化史を飾ったかに思われる。

戦後は、音楽各分野の、青年によるグループ活動と、ピアノ・バイオリンなどの個人指導を受けている者の数は多いが、学校単位の旺盛な音楽教育活動が独自に、しかも強力に展開されて、全町的な拡がりとまとまりが見られなかったが、近く建設される町民会館の落成とともに、それができるものと期待されている。

昭和二十三年に、もと江部乙北辰小学校に勤務していた森本が、十年ぶりで復員して本校に赴任。以来、音楽の生活化と、音楽教育の諸施設整備につとめる。昭和三十五年、学級増（十六学級）にともない、音楽担当教官として松浦教諭（昭三十三・旭川学大卒）を迎え、宿望の器楽教育推進計画が活気を呈（てい）し、同年五月、「器楽クラブ」編成。三十六年四月、全町民の寄付と、町助成金を含めての約六十万円で、新親に楽器を購入し「学校オーケストラ」を編成する。現在、部員約七十名。

3.「学校オーケストラ」演奏を取り入れた学校諸行事と町行事の参画

（1）入学式。当日、新入生歓迎音楽会を開催。このために、部員は春休みを返上して練習する。オーケストラ伴奏の校歌、力強い行進曲などを聴き、新入生はもとより、つきそいの父母も、希望と感激に胸をふくらませる。

（2）学校参観日・父母会。恒例の参観日には、全体会議を終了して、学年・学級懇談に入る前に、小音楽会を開催している。

（3）春季運動会・秋季体育記録会。入場式・開会式・閉会式に、行進曲・校歌・応援歌などを演奏するのをはじめとし、記録選手発表の際は、オリンピック式に三段の台に選手をあがらせ、ファンファーレを奏して激励する。

（4）招魂祭奉納音楽（六月上旬）。町の要請により、神社境内に特設舞台を設け、慰霊祭にふさわしい奉納音楽を演奏している。

（5）期末音楽会（七月・十二月）。終業式の前日、または式終了後、合唱を含む演奏会を催し、楽しい集いとしている。

（6）太子祭奉賛音楽会（八月中旬）。町の要請により、北辰中オーケストラを主体とした演奏会を計画し、これに参加している。このために、夏休みも十日前から練習開始している。

（7）各種研究会のアトラクションに出演。昨秋は、第十一次全空知教育研究大会に、本年七月には全空知婦人大会に演奏して、予想以上の感銘を受けた。また、この九月には、教育局主催の滝川市民会館で行われる「空知婦人の歌」（森本幹夫作曲・松浦欣也編曲）の発表会に出演の予定。——演奏発表の機会が多ければ、それだけ練習に励みがつき向上するので、要望があればできるだけ出演することにしている。はげしい練習に打ち込む部員の学業は、時間的・精神的訓練による緊張した生活態度が育成されてか、一般に、部員になってより向上している。練習は、年間通じてテスト前の数日を除き、ほとんど毎日である。

（8）学校器楽合奏コンクール出場（九月〜十月）。第一回（昭三十五年）、第二回の岩見沢地区全空知大会では、最優秀賞を受けたが、北海道大会では、自校録音の失敗もあって、期待した成績をおさめることができなかった。このほど、本年度の参加曲の編曲も終わって、パート練習と、数小節ごとのフレーズ（楽句）合奏が、積み重ねられている。指揮する松浦先生、部員も、勝負にはこだわっていないが、誠意をもってよりよい演奏を、と真剣である。まことに汗と努力によってのみ音楽は生き、生命ある音楽を聴くことができる。

（9）学芸会における演奏（十月）。今まで、プログラムによる器楽演奏、コーラスの伴奏をしていたが、将来は「学校オペラ」を実現したいと、計画準備している。

（10）卒業式。卒業生の入場を、ベートーヴェンの第九「歓喜の歌」で迎え、校歌・式歌を伴奏、卒業証書の授与・生徒の祝辞、答辞は背景音楽（バックミュージック）として、低く独奏などを試みている。卒業生が学校を去るときは、中央玄関でブラスバンド編成の力強い音楽で、明るく元気に、見送ることにしている。

（11）招待音楽会（本年七月）。オーケストラ編成一周年を迎え、寄付その他で世話になった方々を招待して、記念音楽会を開催した。ちょうど、武蔵野音楽大のアマデウス室内楽団と共演できて、近来にない盛会な純音楽会であった。

4. むすび

このほか、毎日登校日・昼食時に音楽の放送をなし、定例レコード・コンサートも、まことに盛会である。このように、積極的な音楽活動ができるのも、歴代校長、特に現校長と全職員の暖かい理解と協力の賜物（たまもの）と深く感謝しているしだいである。

（『教育空知』 昭和三十七年）

人、それぞれの人生
巣立てよ　雄々しく　たくましく

ご卒業おめでとう。

進学・就職、ほとんどの諸君は、思い通りになることと思います。ぜひそうなってほしいと祈っています。

卒業生諸君にとって、今年の正月ほどいやな正月はなかったことでしょう。受験のことでなにかせきたてられ、いわゆる焦そう感に明け暮れ、今までにない緊張した不安な、あるいは沈うつな日が多かったでしょう。

皆さん、それぞれ受験の日まで、よく頑張りました。ご苦労さまでした。生涯においても、これは大きな試練の一つになることでしょう。「苦あれば楽あり」で、苦労して得た栄冠こそ尊いのです。

さて、一つの試練を体験して、これからの人生設計に役立てばと思い、私の友人、教え子からもらった年賀状を見ながら、数人のプロフィール（横顔）を列記して気軽に読んでもらいたいと思います。いつの日か、参考になれば望外の喜びです。

家庭的に、また体力、学力に恵まれて、エスカレート式につまずきもなく目標に到達できる人は、きわめて数少なく、その人たちでも人一倍の刻苦勉励、努力によってこそ目的が達成できたのだ、ということをお忘れなく。

一つの目的のために、あらゆる困難を克服して、絶えず努力すれば、ある程度までの成果が授けられるということを銘記したいものです。

「怠惰」では、常に不幸がつきまとい、せっかくのあなた以外持ち合わせない素晴らしい特性・個性・素質が発揮されないで、うやむやに人生が終わってしまいます。絶えず努力する人には、幸運が周期的に訪れてくるそうです。努力なしでは、そっと訪れてくるそのチャンスも見逃してしまい、いつまでも自分は運のない人間だと嘆き、かこっているようです。

また世の中には、自分相応の立場（環境・条件・能力など）を度外視して、常に不平不満、ぶつぶつ文句を言っている人もいますが、ある程度の時点で満足、感謝して、現在の任務に精励しないことには、明るい恵まれた生活は望めないでしょう。そうかと言って、安易な時点で満足しきっては、進歩発展、向上もないことになりますが——。

明るい人生、暗い人生。これはその人の心がけでないでしょうか。

某氏、某君の人生点描

1．ねばり強く特性・素質を生かした同級生のT氏の例。

旧制中学校入試に不合格、一年浪人して入学。柔道部で活躍しすぎ、三年生のとき学業不振で落第。五年生になって柔道部主将。今の国士館大学に入って、柔道と国漢の教員免許状をもらって、めでたく卒業。今は高等学校の先生をして、大学の講師を兼ねている。

2．奉仕精神が強く、太っぱらで頑張り屋、同級生A氏の例。

旧制中学は、赤点（四十点以下）が三つ科以上になると、情け容赦なく落第になっていた。彼は応援団に属し、五年生のときには団長となり、その熱情あふれる応援によって、各部の成績は開校以来の成果をあげた。しかし、彼は応援に熱中し、赤点が三つ以上となり、担任は苦慮した。

級友も彼の功績をたたえ、なんとしても一緒に卒業させなければならないと、クラスの有志は担任・校長に、母校に尽くした実績をあげて懇願した。そのせいかどうか、彼は臆することなく、団長らしく勇ましく卒業した。

その後、人のために尽くす人柄が認められ、某市の市長候補となり激戦。惜しくも敗れたが、現在は各種会社の社長・重役をして、優雅な生活をしている。

3．望みは高きをよしとす。されど志望校はほどほどに、の例。

教え子S君は、中・高校とも成績優秀で、性格もよく、級友に尊敬される人物であった。

東大をめざして受験したが失敗。二年浪人して、三年目を期していたが、自家営業の父が突然病死。長男の彼は進学を断念。家業に専念。菓子の専門店としては、近代的で町一番。商工会青年部の部長におされ活躍。昨年あたりから店に行っても、人なつこい顔が見られないので、今朝、電話で訊いてみたら、町の店は奥さんにまかせて、自分はF市とA市に支店を持って、毎日自動車で見廻っているとのこと。――父が亡くなって進学を断念した頃、二年も浪人する間に、商科の短大でも出ておけばよかったのに、という下馬評が多かったが、しかし、彼は既に立派な実業家になっている。

4．自分の適性を生かして、家業に専念している教え子、R君。
数年前の大学紛争でなんのために大学に入ったのか悩んだ末、自分は長男でもあるし、家業の燃料店を継承して実業で生きよう、と大学三年で中退して、現在は社員の先頭に立って、営業に誠心誠意、没入している。

いつも笑顔で注文に応じ、仕事が懇切。立派な燃料運搬車を数台購入。「あんな立派な青年、珍しい」の評判。

親爺（店主）は、「サラリーマンはいやだ、と店を継いでくれて助かりますわい」と目を細めている。

5．高校在学中に、通信教育で美容の学科試験に合格したK子さん。成績がよいので、普通高校に入って大学進学かと思っていたら、彼女にとっては毎日の勉強が楽な地元の某高校に入って、余裕しゃくしゃくで多彩な学生生活を過ごし、卒業して間もなく実技の免許を取る。まだ若くて独身だが、某市で立派な美容院を経営している。

6．親泣かせ、担任を手こずらせた教え子のE君。学校はさぼるし、やんちゃで目の離せない、担任としては頭痛の種であった農家の長男。母親と緊密な連繋をとって、できるだけ話し合う機会を持つ。ただ遊びに来いと言っても説教ならいやだ、というので、「屋根の雪をおろしてくれ」とか、用事をつくって拙宅に呼び、説教めいたことはやめて、「おい、よい嫁さんがほしけりゃ、資格をもった定職を持たな駄目だぞ」などと（＊説いた。）学校の勉強は問題にしていないが、ませているから、こういう話はよく通じる。

卒業して、寿司屋を転々としていたが、昨年の正月にめんこい嫁さんを連れて挨拶にきた。「先生、調理師の免許を取ったから、来年は嫁と独立して開業します」ということであった。本年は嫁さんの達筆で、「N市で開業しました。おかげではやっています。先生も試食に来てください」と年賀状が届いた。

私は、E君の字なら判読の部類であることをよく知っているだけに、「……嫁さんには習字の塾をやらせて、君はN市名物の寿司を作りたまえ、うんぬん」と返信した。

7．通信教育十四年、初志を貫徹、若くして教育実践の道教委表彰を受けたM氏。

彼は田舎の高校から音楽学校に進み、二年課程で中学教員の免許状をもらえるのであったが、家庭の事情で一年で中退し、仮免許状。郷里に帰って小・中校に勤めたが、仮免のため学校の都合で、半年、一年でいとも簡単にたらい廻し。不遇な青春を送った。

そこで一念発起し、通信教育を受け十数年、毎夏・毎冬の長期の休みには、東京の音大でスクーリングを受け、二級。続けて一級の免許状を手にした。勢いにまかせて玉川大学の教育学科四年課程に挑戦した。通算十四年かかったが、昨春、幼稚園の長男を連れて上京、卒業試験に臨む。めでたく合格。長男を伴い晴れの卒業式に参列した。

実力は幾らあっても、免許状がないと通用しない世の中、彼は不遇を転じてよくやった。奥さんも偉かった。

通信教育の勉強は、彼の趣味と思えるほど、楽しそうであった。学校の仕事も人一倍積極的で、それにブラスバンドの指導は管内の権威者、全道大会にも何回となく出場した。

また、全空知音楽教育連盟の事務局長としての活躍は、瞠目に値する。企画性・行動力があり、苦労を苦にせず、たくましい教育の実践活動は、早くから認められ、昨春は大学卒業前に道教委の表彰も受けて、二重の喜びにひたった。

彼の明るい、くったくのない姿に接していると、こちらもうれしくなってくる人柄。自己を着々と築き、社会的な奉仕精神にあふれている努力家。私の尊敬している青年教師の一人である。

＊

年賀状をひもときながら、非凡な人の数人を紹介したいと書き出したら長くなった。「人、それぞれの生活があって然るべき」、なんとはなしに人のことをうらやましがる暮らしより、個性のある自主的な生き方をして、意義のある、そして少しでも社会のためになるような生涯を送ってもらいたいものだと思う。

悪いことでは困るが、自分の好きなことがあり、どうしてもやりたいことがあれば、牛歩でよい、廻り道をしてもよい、着実に、こつこつと実践、努力してこそ、「わが人生、悔いなし」の境地に達するのではなかろうか。

（深川中学校卒業文集『芽生』十七号）

昭和四十八年一月十二日

生涯、これ趣味に生きる——教壇生活三十年

1．教員志望の動機

放課後の校庭で、カンバスに向かって無心に描いている先生を見て、「職業と趣味が両立できる生活は素晴らしいな——」と、少年時代の胸に焼きついていた。私は幼時から音楽が好きであったが、現在のように音楽でまともな生活のできる時代でなかったので、親は音楽を職業とすることには反対であった。そのために、紆余曲折といえば大げさだが、少年時代は音楽のレッスンを受けられるような環境ではなく、専ら独習。いろいろ進路上に悩みがあって廻り道をした。

教員志望は子どもが好きなのと、音楽とともに生活をしたかったからである。——家業が薬屋で、親は薬剤師にしたかったようであるが、決心しての教員志望宣言には、さしたる反対もなかった。

2. ずぶ濡れの初赴任

昭和八年四月。すっかり雪がとけて馬糞風が舞い立つ滝川をあとにして、学生服にハンチング、リュックサックを背負って、浜益街道を独りで歩いてゆく七十五キログラム、十八歳の若造。それは私であった。進むほどに雪の世界に逆戻り、里見峠にさしかかると霙（みぞれ）まじりの猛吹雪、行き交う人もなくなった。吉野にたどり着き、昼食にしようと雑貨店に立ち寄ると「あんさんは南幌加に行く先生さまか」と、保護者会長と役員さんが迎えに来てくれていた。道の不案内と、ずぶ濡れの疲れで滅入っていたのでなんともうれしかった。九時に出発して、雪にすっぽり埋まっている幌南小学校に着いたのは、ランプのつく頃。馬橇のあともない雪道を、霙に叩かれ、初めて歩く二十四キロメートル。ぐっしょりの汗で疲れ果て、別世界に来た戸惑いがあったが、皆の温かい歓待で急におとなになったような感慨深い一日であった。汽車を見たことが自慢話になる純朴な子どもたちとの生活は、私の人生に貴重なものであった。そしてこの夏は、新十津川青年運動会で短距離の新記録を作ったり、若い数々の詩が生まれたりした泉の地であった。

3. 江部乙新響音楽会の編成

昭和の初期は、青年団活動が盛んであった。翌年、故郷の母校北辰小学校に転じ、私も役員になって諸行事に参加した。そして短距離・柔道の選手として全道・各種大会に出場した。スポーツと併行して文化面にも創造的な意欲に燃えた時代であって、私は同志と図り音楽を軸にした文化団体「新響音楽会」を創設した。役員構成の面でも全町的なもので、洋楽・邦楽・演劇・舞踊の各部門で編成された。もともと江部乙は、音楽愛好者が屯田時代から多く、いわゆる「楽隊」なるものは、明治四十年からできていた。私は専ら唱歌指導や作曲に熱中し、「新響」の育成・運営に余暇をさいた。毎年三月二十三日、北辰小の卒業式当日、栄楽座で発表会を開催した。多彩なプログラムで人気を博し、近隣町村からも多数の聴衆がつめかけ、いつも大入り満員の盛況であったが、戦争たけなわとなり、団員の矢つぎ早の召集で補充も間に合わず、幹事長の私も昭和十三年の秋に応召。この年第五回の公演を最後に、自然解散となった。私はまたこの北辰小時代、夏・冬の長期休みを利用して毎年上京し、音楽の講習・個人指導を受けることができた。

4.〽「北はシベリア、南はジャバよ」歌ある記

野砲七連隊に入隊。生活環境・様式が激変し、起居諸動作が奇抜。毎日漫画劇を演じているような初年兵生活。幹候となり、秋季大演習雪中行軍・軍旗祭（楽隊を担当）を経験し、宇品船舶輸送司令部に転属。特訓を受け、外地希望がかなって、私の戦線歌ある記が始まる。

即ち、中支・南支・仏印・南方の各地。その間、現地司令部参謀部付で軍隊軍需品の輸送計画を担当したり、戦闘司令所要員となったり、撤退・敵前上陸作戦に参加しながら、その戦

場・駐留地の印象をもとにして、すさんだ兵隊を慰める歌曲を作った。これらの軍報道部検閲済の歌曲は、防諜上なにも書けない軍事郵便に封入できたので重宝がられた。海南島では軍で募集した歌の作曲が一位に当選し、日本の新聞・ラジオに報ぜられ、現地での発表会は戦いを忘れさせるはなやかさであった。戦線・駐留地の歌曲は、香港で第一集、シンガポールで第二集が現地で出版された。

昭和十七年秋、南方で召集解除になり、台湾・朝鮮経由で帰国。村長のはからいで「指導主任」という辞令をもらい、今の社会指導主事のような仕事をした。翌年三月十日（陸軍記念日）に結婚の予定だったが、再度の召集で二月末日に挙式。新婚三日目に北方戦線に出発。土の中の三角兵舎と陣地構築の明け暮れの中で、師団長命令で「北千島兵団歌」を作曲したり、この地で最期になるかもと猛然と創作に没頭し、兵隊と声をからして歌ったりした。ソ連軍と悲愴な戦闘を交え終戦。武装解除。ソ連で苦難の抑留生活三年。しかし、その間「楽団１４４９」を編成して、シベリア地区の各収容所・病院を巡回慰問演奏した。毎日は音楽活動がノルマなので、異常な体験を通して深刻な曲を数多く作ることができた。だが、その楽譜は帰国の際、ナホトカで手製の楽器とともに全部没収された。帰還船上で戦友と歌って採譜し得たものだけが残っている。

5．帰還、戦後の音楽教育――サークル活動・「全空知音楽教育連盟」創設

昭和二十三年に病院船で復員。楽譜をいつでも気兼ねなしに書けるのは学校。籍は役場にあったが、勧められもして北辰中学校に喜んで勤めた。戦歴十年。生きて帰っていることと、教員生活に戻れたことがうれしくて、毎日張り切って存分の音楽授業をした。そして、自分の脚本で音楽劇をやったり、校歌や応援歌・何々小唄など、平和な歌曲を作ったりして楽しんだ。

昭和二十八年、音楽教育熱が高まり中空知音楽サークルが結成されて役員となる。各校に招かれて、先輩奈良熊十郎先生と弁当持参で現場訪問、各領域の指導法など膝を交えての相互研究などはなつかしい。そして、サークル主催で毎年講習会や研究・演奏会を盛んに開催し、機関誌『楽報』（年刊）も継続刊行した。昭和三十五年、全空知の音楽団体・サークルが一つになって、連絡協調を図り、まとまりのある活動を自主的に促進したいと、「全空知音楽教育連盟」の設立を提唱して力強く結成された。全空知音楽教育研究大会は各市町巡回で開催し、時代に即応した研究授業・発表・演奏は高く評価され、本年で第九回に及んでいる。主催事業の数々はユニークなもので、空音連ならではの感を深くしている。特に四十六年第十三回の全道音研滝川大会は、連盟の総力を結集して、それまでになかった企画で情熱的に開催され印象深い。また『楽報』も連盟で継承して、本年二十四号を刊行する。昭和三十五年、北辰中学校に松浦欣也先生を迎え、懸案の「学校オーケストラ」を全国にさきがけて編成、全国コンクール

昭和42（1967）年、北辰中オーケストラ部

で連続優秀な成績を収め、ラジオ・テレビ・招聘（しょうへい）出張音楽会などに活躍し、その運営で彼に協力・推進した日々は忘れがたき。彼の指導力は抜群でまことに素晴らしかった。当時、在校生・卒業生・教師父母が交互唱し、最後に大合唱となるオケ伴奏の卒業式歌「巣立てよ雄々しくたくましく」を作って発表したときの感動は大きかった。伝承されていると聞く。

昭和四十一年、深川中に転出。市サークル部長に選ばれ、創作教育を継続研究テーマとし、各校で研究実践を重ね、二年後『深川児童生徒作曲集』を創刊し、本年第七集を続刊した。結束かたく協力推進してくれた部員各位に敬意を表する。また札幌オリンピック記念国際スポーツ少年大会の開会式に、深中合唱団を率いて指揮したこともなつかしい。この間、道音楽教育連盟（昭二十八）、音楽統合学習全国連盟（昭三十七）、江部乙と滝川市文化団体協議会の創立当時より役員となり、十年計画で音楽四領域の実践研究を全国・全道大会で発表したこと、大会助言者・審査員・教科書編集委員をつとめ、郷土文化誌『ゆうべおっと』の編集を担当し、年刊で本年第十号を冊行したこと、また滝川・江部乙高校の音楽講師、空知教育研修センターで開所当時から実技講座の講師として張り切ったこと、念願かなってヨーロッパ音楽視察旅行（昭四十八）のできたことなど、楽しく若々しい思い出はつきない。

6. 身に余るしあわせ――これから

離任式を数日後にひかえ感傷と感慨は無量であるが、とりわけ空知の音楽仲間が盛大に二会場で「森本幹夫作品発表会」（昭四十七）を開催してくれたこと、この二月に職場の同僚・音楽の仲間がこぞって「退職記念の音楽会」を祝賀会の要領で、賑やかに催してくれたことは終生忘れ得ない――戦争中でできなかった結婚祝賀会を三十二年振りにやってもらった。生涯を顧みて、「好きこそものの上手なれ」という諺があるが、私の場合は「下手の横好き、なんだかの一つ覚え」であったと反省している。空知教育局長、道教育委員会、滝川市教委から表彰状などをいただき、各位のご支援ご高配の賜物と感謝する反面恐縮している。これからも地域の音楽愛好者のために、復員以来日曜日を返上して主宰してきた「たんぽぽ音楽会」を、さらに拡充・運営し、社会の音楽・文化諸団体の仕事を手伝い、少しでも貢献できれば幸いだと思っている。

（『教育空知』昭和五十年五月号）

第三章　地域文化を語る

江部乙の文化活動

戦争の前触れ

江部乙には、北辰校同窓会音楽会が、明治四十年に創設されていた。その楽隊は運動会などに活躍し、近隣町村にも招聘されていた。また日華事変の発端以来、出征兵士を送る駅頭演奏には、なくてはならないものであった。けれども次々と隊員が応召し、昭和十三年、最後の一人は自分で演奏して、列車に飛び乗り、伝統ある「楽隊」も中断された。

戦前にまとまりのあった「江部乙新響音楽会」（昭和九年創立）は、洋楽・邦楽・合唱の各部のほか舞踊・戯曲朗読・寸劇・詩吟の部門があった。音楽会とはいうものの、全村あげての、まさに芸能大会、多彩なプログラムであった。毎年、北辰小学校卒業式当日の定期発表会は、村内唯一の娯楽・集会場「栄楽座」で公演された。毎回の上演は五時間に及んだが閉幕まで満員の盛況であった。この待望の行事も、幹事長・会員の応召で、昭和十三年、第五回を最後に中断した。

また昭和十年に発足した「巴演劇研究会」は、年ごとに好評を厚くしていたが、戦争の熾烈化とともに会員が次々と召集になり、同十八年には中断せざるを得なくなった。——以上は数ある文化団体から中断の事例として記してみた（筆者も十三年に応召し、二十三年に復員した）。

戦争に突入——終戦

戦線の拡大で、日ごと応召者がふえ、青・壮年の減少で、銃後を守る婦女には過分な負担がかかった。生活必需物資も順次切符制となり、困窮度が加速度的に加わった昭和十六年十二月には、ついに太平洋戦争に突入した。その直後、言論・出版・集会・結社などの臨時取締令が公布実施され、文化的大小の結社は壊滅状態となり、戦意高揚の旗をかかげた活動のみが認容された。

このような国家総動員の決戦非常体制下で、「ほしがりません、勝つまでは」と全国民が歯をくいしばって堪えた銃後に、文化は破壊されこそすれ、育つわけがない。食べることが精いっぱいの殺伐な日々で、文化活動は空白に等しかった。

軍報道部からは誇大な戦果を放送し、国民の士気鼓舞につとめたが、アッツ島守備隊の玉砕にはじまり、サイパン・硫黄島の全滅、沖縄に米軍上陸、本土各地が空襲されるに及び、ついに広島・長崎に原子爆弾が投下され、史上かつてない凄惨な戦争は終結となった。

戦後――現在

終戦の混乱は言語に絶し、あらゆる部面で混沌たる渦巻きの中に彷徨した。特に食糧不足はひどく、国民生活にとって最も大きな不安を与えたが、空襲や敵軍上陸の恐怖もなくなって、抑圧から解放された安堵感はなによりもうれしかった。そして戦争犠牲者の冥福を祈りながら、二十三年頃から文化と情操を求め、休会していた各結社は次々と復活して、意欲的な活動を開始した。

昭和二十六年、江部乙の各種文化団体は、既に十五余になっていた。

江部乙町文化団体協議会の創立

町開基六十年記念祭が盛大に挙行された昭和二十八年に、協議会が創設された。以後、学校を借用して、総合的に文化祭など行事が展開されたが、待望の町体育館（昭三十八）、町環境改善センター及び多目的ホールが完成（昭五十二）してからは、各単位団体の活動は飛躍的に進展し、両館を使って文化祭行事は、充実した成果をあげ得るようになった。

機関誌として、昭和四十一年に創刊された現在の『ゆうべおっと』は、号を重ねて郷土文化誌と評価され、年一回継続発刊し、本年は第二十一号（九十ページ）となった。

毎号・調査・研究・随想・文芸・活動の記録を掲載し、町出身・町とゆかりのある文化人の活動記録、各単位団体の歴史と現況、古老尋ね歩き、町の古跡・昔話、町の昔を語る、ふるさとの歌、古きを尋ねて、北海道福音学校〈芽生村塾〉などを特集した。どのページを開いても愛郷の念と、伝承と探求の情熱があふれているこの『ゆうべおっと』は、会の発展のためにも重要な役割を果たしてきたと思う。

また最近、復元屯田兵屋で当時の生活を偲ぶ会、一木万寿三（いちきますみ）遺作展（滝川）、第三十九・四十回春の院展札幌鑑賞会（昭五十九・六十）を、特別行事として主催、協力した。

現町公民館が本年度中に、全面的に改築されることになり、町の文化活動が新しい場で、さらに研鑽（けんさん）を高め、明るく豊かに進展することを、心から喜んでいる。

（『不戦の誓い』終戦四十年記念誌　滝川市　昭和六十年八月十五日）

地域ぐるみの音楽活動

本校の器楽クラブは、昭和三十五年の第一回北海道音楽教育連盟主催器楽コンクール全空知大会で第一位、続いて三十六年の第二回同全道大会で第三位となり、昭和三十七年よりのＮＨＫ器楽合奏コンクールでは、三年連続して全道大会に優勝し、第一回の全国大会では優良校、昨年の第三回大会では、全国第二位の成績をおさめました。

このことは、直接の指導者松浦教諭の、寸暇を惜しんでの熱情あふれる努力と、生徒諸君の懸命な猛練習によってかち得た成績ですが、その推進力となっているのは、町理事者はじめ、町民各位、教育関係者、本校職員の理解ある強力な後援の賜物であります。

本町各学校の音楽活動も、はやくから活発であり、特に本校のコンクール参加が刺戟になって、このことで最近、地域の音楽が、にわかに高まったように見られていますが、江部乙はもともと音楽の伝統ある町でした。

そのことを、いささか申し上げてから、地域の音楽現況を述べたいと思います。

町の沿革と地域の環境

江部乙町は、明治二十九年、屯田もと四百戸の移住をその嚆矢とし、りんごと水田の農村は、昭和二十七年、人口一万となって、町制を施行、本年で開基七十一年を迎えます。

学校は、小学校三・分校二・中学校二・道立高校一・各種学校四で、住民は田園的純朴さをもって、勤労意欲旺盛。農業は機械化されて、農村としては、全般に上位の文化的経済生活を営み、中学卒業生のほとんどが、高校・上級学校に進学しています。

なお、地理的には、西部一帯が石狩川に抱かれて美田良圃、東部丘陵地帯には大りんご園が連なり、絵画的・詩的情緒は、そここに漂っています（そのゆえか、町から画壇の第一線に活躍されている有名な画家が出ています）。

函館本線で、札幌二時間余、旭川一時間の地点。国道の舗装十二号線は、街の中央に走り、特急バスも停車し、雨竜に通ずる延長九百メートルに及ぶ江竜橋も、今夏完成の予定、交通には恵まれた町といえましょう。

町の音楽的伝統

町には、明笛や大正琴の流行した五十年も前に、四～五人編成の、当時としてはいちおう整った青年団有志のブラスバンドいわゆる「楽隊」ができていて、紋つき羽織はかま・靴ばき姿で、近隣町村の運動会などに招かれて、出張演奏をしたということです。これは、戦争中期

（当時は八〜九人編成）まで、伝統として受け継がれました。

〈その頃、筆者も応召中でしたが、奏者が次々召集され、最後の一人は、自分で「出征兵士を送る歌」を駅頭で演奏し、出発の汽車に飛び乗ったそうです。既に、伝統の「楽隊」を受け継ぐ若者が、村にいなくなっていたわけです〉

昭和十年頃には、筆者も世話役になっていましたが、洋楽部（弦楽班・管楽班・声楽班）・邦楽部からなる「江部乙新響音楽会」（会員五十数名）が結成、組織されていて、毎年三月に演奏会を盛大に開催し、遠く演奏旅行などもしていました。

戦後は、学校の音楽教育活動が中心で、本校の卒業生からなる、青年のグループ活動も盛んではあったが、全町的なまとまりは、このほど、各種音楽する団体を母体として組織された「江部乙音楽協会」が結成され、これからが活動面で期待されています。

町内各学校の音楽活動

各小学校は、戦後間もなく、合唱とともに器楽をとりあげ、授業・クラブで大いに成果をあげ、特に北辰小は早くから、合唱コンクールに、地区音楽交歓会に参加し、昨今は、鼓笛隊の活躍に目覚ましいものがあります。

また、両分校は毎年の「へき地学校音楽の集い」に出場し合奏と合唱に立派な成績をあげています。

そして、高校は、本年の開校二十周年記念にブラスバンドの編成を計画しているそうですから、学校の音楽は一段と賑やかになることでしょう。

本校は、戦後のなんの施設もない当時から「音楽の生活化」を標榜して、学校・町の各種行事に参画しました。即ち、戦後間もなくからの「歌ごえ運動」に先立って、「生活を職場を、音楽で明るくしよう」と合唱隊を引きつれて各職場を慰問したり、成人式には、「成人の歌」を歌って祝福したり、その他、敬老会・招魂祭（慰霊音楽演奏）・太子奉賛音楽会などに、合唱や器楽で協力、出演してきました。

本校は「オーケストラ」編成で、パレードには参加できないが、これは北辰小の鼓笛隊が一手に引き受けて、熱演してくれています。

また、学校諸行事には、できるだけ音楽を取り入れてもらい、音楽の生活化を図っています。そして、小さい町ですが、毎年、学校の音楽サークルが企画して、各種音楽演奏団体を招聘し、子ども・地域の人に、つとめて「生の音楽」の鑑賞する機会を多く持つようにつとめています。本年は、七月二十日に、京都大学交響楽団（七十七名）の演奏会を、高校と北辰中の二会場で開催することにしています。

地域ぐるみの音楽会

ここ数年来、毎夏、八月二十日に、北辰中のオーケストラが主体となって「全町こども音楽会」を開催していましたが、本年からは「全町親子音楽会」にしようと計画しています。

即ち、幼稚園・小学校と分校・中学・高校先生方・青年団・ゆうじん会邦楽部・ヤングサークル・婦人会・各職場・老人クラブなどの総出演です。老いも若きも一団となって、一日いっぱい、この日は町の「音楽の日」にしたいと楽しみにしています。

たまたま、七月二十六日、NHK教育テレビ「みんなの広場」の番組で、本町の「地域の音楽活動」が放送されることになって、今、上記の各グループは張り切って練習に励んでいます。

今のところ、町の元老（老人クラブ）・議員の中に、むかし「楽隊」をされた方がたくさんおり、音楽を愛好する子ども・若人がどんどん育っています。そんなことで、今や、本町の音楽は、親を含め、青少年の情操を豊かにし、余暇の善用・生活指導に好適なものとして、〝明るく楽しいまちづくり〟の一役をかっています。これからも「町の音楽」が、地域ぐるみで、さらにたくましく、健全に育っていくことを祈って筆をおきます。

（『教育空知』昭和三十九年）

江部乙の音楽のあゆみ

はしがき

都市の子どもと、農村の子どもとは生育の過程、その環境が違うにしても、なにか能力や才能までも差別視する人がいる。農村の音楽的環境に恵まれないで育った子どもでも、優れた教育指導によっては、都市の子どもをしのぐ音楽的技量を発揮して、立派な成果をあげることができるはずだ。……というかねがねの信条、教育の可能性を立証したいと、北辰中学校に「学校オーケストラ」を編成したのは、昭和三十六年であった。

全道、いや全国的にもまれにみる優れた指導者松浦欣也教諭がコンダクター、私はマネージャーとなって、毎日どんな日であっても音楽道場的な猛烈な練習を敢行した。……今は学校管理規則が変わって、当時のような思う存分の練習時間は確保できなくなった。

きびしい練習で、面白半分に入部した生徒は脱落するかと思ったが、むしろその熱のこもった雰囲気と緊張させられる生活を貴重に考えるようになり、生き甲斐を感じているようであった。……勉強もよくやって、翌年の高専合格者五名中の三名は、クラブで毎日暗くなるまで頑張った生徒であった。

多少の無理があっても、各種コンクールで上位入賞が続くと、学校はもとより町の名誉でもある。こうなると優秀な生徒が競って入部し、器楽部生徒の生活態度は、学校の模範ともなった。

道代表連続四年、全国大会でも上位成績で、何回か「音楽の町、りんごの江部乙」というタイトルで全国テレビ放送に出た頃、東京の音楽教育研究会の研究誌『トニカ』編集局から、「まだぶどうなどを採りに山にでかけると、熊に出合うという北海道の貴地で、音楽で優秀な成績を発揮しているのは、指導者によることは当然と思うが、なにかその要因があると思う。貴地の歴史的な音楽性、その他を気軽に書いてほしい」という依頼があった。

かねがね私自身、郷土の屯田時代からの音楽について物語ふうに書いておきたいと考えていたので、興味をもって六ヵ月にわたって連載執筆した。

その物語の中から、この特集号にふさわしいと思われる事項を若干抜粋して書いてみたいと思う。

1．屯田時代

私の父も当時始めからの屯田兵で、明治二十七年、二十歳で和歌山から移住入植している。

私は七人兄弟の末っ子であるから、私の少年時代は父も昔話がしたくなった年輩であったらしい。うまそうに晩酌をやりながらぼつぼつ話してくれたことやら、その他の方々から聞いた話を総合すると、移住者の中には、故郷から手風琴（救世軍がよく使ったボタン式のアコーディオンで、押した音と引いた音とは違っている）や、横笛を携えて来た若者が何人かいたそうです。

中隊には大太鼓・小太鼓があって、森田という現役兵が中心になって、芝居の合間によく合奏していたということで、即席の演芸会はよく開かれたらしいです。

演芸会は士気を鼓舞するためにも、はげしい熟練と労働の憩いとしても必要欠くことのできないものであったでしょう。

演芸会の種目は、各出身地方の民謡・俚謡（替え歌で面白く歌った）や、郷土色豊かな踊りも豊富で、男はもっぱら軍歌・詩吟剣舞が多く浪花節・義太夫を語る者もあり、その種類はさまざまで、芝居などはずいぶんとこったものもなされたようです。

芝居をはじめ、演芸会の花形はその練習のため中隊勤務を免除されたり、いろいろと特典があったとのことです。

明治三十七年（一九〇四年）に屯田兵条例が解除されていますので、この十年間を屯田兵開拓の時代と考えてよいのではないかと思います。

2. 当時の楽器「月琴」

開基六十年記念事業の一環として、屯田兵座談会（昭二十八・八）を開催し、そのときの録音の中に、虎谷さんの「秋味はアイヌの人が獲ってわれわれのところへ売りに来たものだが。小豆二升くらいで交換していた。また寄合があれば、お国自慢で、よく故郷の歌をうたった。そしてなにやら賑やかな楽器をよく鳴らす連中もいて、その連中はあっちこっち引っぱりだこで人気があった」という発言があります。

そのなにやら賑やかな楽器と言われたのは、「月琴」のことではないかと思われます。その月琴は、私の幼時、「これは父の若かりし頃、使ったものだ」と押し入れでよく見かけました。「賑やかな」というのは、演奏とは別に関係なく、満月のような円形（直径三十四センチメートルくらい）で、厚さ九センチメートルぐらいの胴の中に、音の違う幾種類かの鈴（りん）が仕掛けてあって、その楽器をゆすぶると「ジャラン・ジャラン」と楽しい音色で、いとも賑やかに鳴る仕組みになっているのです（鈴というのは、ぼんぼんと鳴る柱時計の鉄線を渦巻にした鳴物のことで、時計屋でもそれをりんと言っています）。

中国では今日も劇音楽の伴奏に使用され、器楽的に独奏もされることがあるとのこと。そして、日本ではその当時、明清楽の演奏に用いるほか、俗曲も弾奏し、また門付（かどづけ）芸人が使用したとのことです。

幼時には、ずいぶんとその月琴を玩具にして遊んだ記憶がありますが、ついぞその正式な演奏に接し得なかったことは、残念に思っています。

屯田の開拓が軌道に乗った頃、その月琴は詩吟や剣舞の伴奏によく使われ、宴会などにはこれによって、意欲を盛りあげたようです。

父の親友、前田さんは屯田兵として来道し、後に台湾に雄飛、事業に成功して大きな郵便局の局長をしている頃、駝鳥（だちょう）の卵や蟻食（ありくい）の剝製、水牛の大きな角などを土産に、折々避暑に来られ、父と盃を交わしながら、この楽器が得意で楽しそうに演奏しているのをよく見かけたと、私の兄は先日も語っていました。

現在、一般家庭で盛んに行われている三味線は、日露戦争が終わって紅燈の巷で弾かれるようになりましたが、一般の婦女子は花柳界のものとして手にしなかったようです。

また当時の笛は、ほとんどが手製のもので、横笛（明笛）・尺八などが作られていました。経済的にゆとりがなかったので、楽器に限らず、生活の必需品は誰かの器用な手で作られていたのでしょう。

さて、はげしい練兵と労働に明け暮れ、これという娯楽施設もなかった開拓当時、それらの楽器は望郷の念をかきたてもしたろうが、情熱的な唯一の慰安の場、ひとときを提供したことでしょう。

やがて、生活の憩いとして、個人で楽器を奏し、楽しんでいた時代も過ぎ、明治の後期、演奏団体としての「楽隊」が、呱々（ここ）の声をあげました。

3. 明治の後期――『楽隊』の誕生

明治四十年二月に、「楽隊」（北辰尋常高等小学校同窓会音楽隊）が創設されました。

明治四十年（一九〇七年）というと、屯田兵も日露戦争に出征し、前年には凱旋祝賀会を提灯・旗行列で盛大に挙行し、戦勝記念碑などを建設、自信満々優越感にひたり、急激に景気もよくなり、意気軒昂たる時代でした。

「楽隊」の創設は、校長、学務委員の提唱で、同校の二人の訓導が世話役となり、全村から寄付をあおぐことから始まりました。

学務委員の熱心な啓蒙宣伝により、全村から十銭、五十銭と寄付が集まり、最高額は十円、戦勝気分と景気のよさで、またたく間に約百七十円が集まりました。

そして、バリトン、コルネット、クラリネット、大太鼓、小太鼓、シンバルが購入され、楽隊員希望者十五名の中から五名が選抜テストに合格して晴れの初代楽隊員となりました。

その当時、師範学校を出た先生の初任給が二十円であったのと比較して、楽器は今も昔も高価なものであることがわかります。

学務委員は札幌音楽会より斉藤嘉市郎先生（専門はクラリネット・当時二十一歳）を楽隊長として招聘し、その年の二月より一ヵ

楽器名	当時の通称	価格
バリトン		38円
コルネット		30円
クラリネット	クラリオネット	35円
大太鼓	コロケース	20円
小太鼓	ペチケース	8円
シンバル		12円

明治末期の楽器価格表

月間、毎夜小学校で猛烈な練習を続行しました。

楽譜は今まで見たこともないような西洋楽譜の本譜であったため、その習得にはたいへん苦労をしました（本譜というのは、現在一般に使われている楽譜のことで、このほかに数字で高低・長短を表す略譜がありました）。

斉藤先生は潔癖・厳格で指導熱心なため、隊員は尊敬、心服し、まじめに練習に励みました。それで、その上達には顕著なものがありましたが、なにせ生まれて初めての楽器を手にし、初めて見る楽譜です。理論と実技を毎日寒夜、吹雪をものともせず、暗いランプの教室で頑張りましたが、十一ヵ月ではごくやさしい唱歌を数曲、どうやら合奏できる程度でした。

隊員はやっとわかりかけたこの程度で先生を失うことは、お先真っ暗、不安この上もなしで、もう一ヵ月の留任と指導を学務委員に強く要請しましたが、その経費（先生の謝礼は月三十五円）を捻出することができず、ついに指導は残りひと月で打ち切られました。

「最終練習日。明るいランプをつけた斉藤先生の下宿先で開いた、涙ながらの楽しい送別会は、今でも忘れられない。隊員それぞれ酒を持ちよりで一夜を明かし、そのときの先生の一言一句は末永く教訓として脳裏に残り、生涯の戒めにもなりました」と、当時の隊員で、現在町に在住されているただひとりの方が述懐されていました。

この選抜された隊員は、当時の進歩的で積極的な模範青年であり、一般青年からは、羨望視され、ことに女子青年にとって魅力ある存在のようでした。

私の感心させられるのは、先生と隊員とは同年配でありながら、師弟としての交わりが整然としていることであります。

さて、先生と別れたあと、一時は動揺、不安も伴いましたが、先生の教訓を守り「屯田魂」を発揮して、また猛然と練習を始めたということです。

最近聞いた話ですが、上記の購入楽器は、富山軍楽隊の払い下げ品であったとのこと。新品ならもっと高価であったに違いありません。

4.「楽隊」の第一回演奏発表

明治四十年五月のある日、練習開始から四ヵ月目。村民の絶大なる期待の中で、第一回の演奏発表をしましたが、そのやり方がいささか奮っています。

小学校の二間廊下に、全校生徒が両側にずらりと並び、その中に招待した村理事者・寄付者・一般父兄が場所を別にして並んでいます。その廊下を威風堂々、学校じゅうを何回となく演奏して廻ったのです。楽隊が近づき通過するまで「万才！　万才！」を連呼したわけです。隊員にとって、このときの感激は生涯忘れることのできないものであったでしょう。

演奏曲目は、軍歌では〝勇敢なる水兵〟〝日本海軍〟〝広瀬中佐〟、唱歌では〝天然の美〟他に短いマーチふうなもの二、三曲といいますから、よくやったものです。

続いて六月の運動会には、来賓・賞品席の横に楽隊席。その席は飾りつけも華やかになされダンスの楽隊伴奏は俄然大好評を博しました（それまでは、オルガンのかぼそい伴奏でした）。駆け足は曲のテンポを速め、行進は軍歌の〝戦友〟や短いマーチ曲を何回も繰り返して適宜吹奏しました。

また運動会の朝は、早くから花火の音をぬって市街を中心にパレードをしました。当時の村民にとって、小学校の運動会は、重箱にお寿司やおはぎ、最高の手料理をつめこみ、親父はひょうたんに酒を携え、村をあげてこの上もない健全な慰安日でありました。

グラウンドに張り巡らされた万国旗がへんぽんとひるがえり、紅白の真新しい布で巻いた小屋がけの柱は眼にしみる鮮やかさ。その中での楽隊演奏は、これまた最高の効果。

躍動している運動会の雰囲気……なにもかもピチピチと生きている。会場に集う者の、胸の高鳴りと感動。ムードに陶酔している姿は、それから十五年後、小学一年生になった私の印象でも容易に想像できます。……その後、レコードが普及し、拡声装置が学校に設備される昭和の初期まで、この楽隊は運動会になくてはならないものでありました。

筒袖・羽織・袴・澱粉（でんぷん）ゴム靴・学生帽・またはハンチングといういでたちで演奏した初代隊員の得意満面とした姿、推して知るべしであります。

この年、楽隊の演奏風景が「絵はがき」になって売り出され、たくさん売れたということですから、当時としてはよほど珍しい貴重な存在であったのでしょう。

その後、数年して「活動写真」が倉庫内で上映されることになり、それに楽隊数人がついてきて、宣伝の幟旗を何人かでかつぎ、街廻りをし始めたので、村の楽隊員は「商売人に負けちゃならんぞ」と切磋琢磨したそうです。

初代隊員は、明治四十二年まで精力的な音楽活動をして、四年目に二代目の方々に楽器を渡しました。明治の後期・大正時代に「楽隊」を継承して活躍されたこれらの方々は、よほど進歩的で積極的な生活態度であったとみえ、後年には町理事者、町会議員、ＰＴＡ会長その他、ほとんどの方が要職につかれて活躍しました。

「楽隊」が時代の寵児として、近隣町村の運動会その他の行事にも招聘されて出張演奏をし最も人気を博したのは、この時代でした。

5．大正時代～昭和初期の楽器

この時代に、一般に普及していた民間の楽器は、明笛・大正琴・バイオリン・マンドリン・ハーモニカ・ギター・手風琴などと尺八・箏・三味線で、楽隊用楽器は前記のようなものでした。

北辰小学校で大さわぎをして、堅型ピアノを寄付で購入したのは、大正十五年でした。

昭和十年頃に、家庭でピアノがあったのは二台ぐらいでした（現在は五十数台）。

その当時、ピアノはもとよりオルガンも、簡単には買えない高価な、ぜいたくなものと考えられていました。

6. 江部乙新響音楽会

昭和九年（一九三四年）、楽譜を見て演奏する者が多くなった頃、バイオリン・琴・尺八・三味線の日本楽器と合奏するグループや、バイオリン・マンドリン・ギターなどのアンサンブル、また合唱グループも育ってきて、全町まとまって、これらの発表演奏会をしたいという要望が高まった。

その年のまだ雪深い三月、「江部乙新響音楽会」の発会式が、駅前の果樹組合事務所の階上で開催されました。

このとき、各楽器、声楽の指導主任が決まり、発会を記念して『新響会報』創刊号（二十一ページ）が、五月に発行されています。

創立記念演奏会は、三月二十三日午後六時より村で唯一の芝居兼活動小屋「栄楽座」で、游塵会邦楽部手島社中・十三丁目の佐藤社中も総出演して盛会に開催された。

近隣町村からも多数の聴衆があって「二階が落ちるぞ……、もう木戸を閉めろ」とさわぎたてるほどの大入り満員。午後十一時すぎまで、延々五時間余の公演であった。

音楽会とはいうものの、舞踊あり、詩吟あり、寸劇あり、戯曲朗読なども加わって、まさに全村あげての芸能大会、多彩なプログラムであった。

当時としては珍しい公演であったので、大好評を博し、それから毎年、北辰小学校の卒業式当日、三月二十三日が定例演奏会となり、昭和十三年（第五回）までバラエティーに富んだプログラムで、村民、とりわけ青年男女のお楽しみ文化行事として、継続公演された。

7. 戦時中

長年継承された名物の「楽隊」は戦時中、出征兵士を送る行事には、なくてはならないものになり、隊員は多忙をきわめながらも、張り合いのある生活をした。しかし、それも矢つぎ早に楽員が召集され、補充も間に合わず、戦争末期には楽器を奏する若者がいなくなった。最後に残ったクラリネット奏者の一人は、自分で「出征兵士を送る歌」を、駅頭・ホームで熱演して、征途の列車に飛び乗り、見送られたということです。これは「楽隊最後」の語り草になっている。幹事役の筆者も昭和十三年の秋に応召。かくして伝統ある「新響音楽会」も自然解散となった。

8. 戦後の町の音楽

戦後は、学校の音楽教育活動が中心で、青年のグループ活動も盛んであったが、全町的なつながりと、まとまりはなかった。

そのグループ活動で主な楽団は、「ニュースターズ」「レインボー」。グループの諸君は熱心に練習し、催しごとに町民を楽しませてくれた。このほか、うたごえ運動のはなやかな頃は、高校生・青年男女による合唱団も編成されて、寒い夜の教室で、張り切って歌っていた青年の顔が昨日のように思い出される。もうみんな家庭をもって、よきパパ・ママになっている。

また「レコード・コンサート」も困難な事情を克服してよく開催された。町の公民館が昭和三十八年にでき、ステレオが設備されてからは、会場の設定とか、電蓄を持ち運び準備するなどの苦労は解消されたが、それまでは大さわぎであった。

一方、邦楽の琴・三味線は戦前より町内に立派な師匠、手島双勢師がいて、戦後はますます盛んになり、門下生は遠く町外からも参集し、毎年盛大な定期演奏会を開催している。

これらの音楽する各種グループが、戦前の「新響音楽会」のように、全町的な組織の中で早くから育たなかったのは、学校の音楽担当の先生が「唱歌科」から「音楽科」に変わり、自らの実践研究に没頭し、余裕がなかったからである。

しかし、永年待望の町公民館（体育館）ができた頃は、世の中も落ち着き、「江部乙音楽協会」も結成組織され、三十八年には第一回の「全町・親と子どもの音楽会」が盛会に開催される運びになった。

これ以後のことは、本特集号の音楽関係部門に記録されていますので、以上で物語ふうな「町の音楽」のあらましを終わります。

（『ゆうべおっと』九号）

江部乙の古跡等尋ね歩(あ)る記

参加者　早弓　房松
　　　　河原　正雄
記録　森本　幹夫
録音　小島善太郎
写真　泉田　正夫
　　　道新鈴木記者

昭和五十二年十月二十日。秋晴れの一日、かねての計画であった江部乙の古跡巡りを希望者で実施した。

この記録は、その古跡附近に永らく居住されている古老・住民のお話と、主として早弓・河原氏の調査資料、及び参加者の話し合いを、まとめたものである。

1．東九丁目のさくらトンネル

日清戦争の凱旋記念（一八九五年）に、屯田兵士によって道路両側に植樹された五十本ほどの桜は年ごとに見事な花を咲かせ、昭和二十九年の台風で大半が倒れるまで、約六十年間、町民の花見と憩いの場所となり、江部乙の小学生はもとより、滝川からも遠足の格好な場所として賑わった。

トンネルの先には、旭沢より流れてくる熊穴川が、四方の眺めとよく調和し、炊事遠足などは花見以外の季節にも、よくなされていたが、昭和四十六年の道路拡張工事で、残った桜木は全部抜根され、根元や幹などは道路に埋められたと、桜トンネルの入り口に居を構え、桜とともに育った木下由夫さん（明治三十三年生・七十七歳）は語ってくれた。木下さんは、町内の一木善二、進藤正雄、藤田利雄さん、はからずも四十五年前に亡くなった森本の長兄雅樹とも同級生であった。

思い出の桜木はなくなったが、木下さんの旧家の庭に桜とともに植えられ、今なお青々と茂って巨木となった老松二本と、銀杏（いちょう）の木は、当時の名残をとどめ、懐古の念をそそった。

この老松は、屯田の安田一男さんが故郷の熊本から持ってきたもので、滝川市文化センターから所望されていたとのこと。

2. 灌漑（かんがい）工事とたこ部屋の話

大正十二年（一九二三年）頃、桜トンネルの近くの松原さんの土地に、かんがい溝が作られ、土木作業員が寝泊まりするための場所、通称たこ部屋があった。たこ部屋について話し合ったが、そこの下請業者五十嵐さんは温厚な人柄で、格別な事件はなかったと、当時二十歳くらいであった木下さんは目をしばたかせながら、五十四年前のことを思い出して語ってくれた。

その昔、たこ（土木作業現場で働いている人。鮹（たこ）は自分の身、手足を食うからか）については、非道・悲惨な話がつきまとったが、その現場の責任者・監督・棒頭（ぼうがしら）によって、ずいぶんと差違があったようである。今、水田苗植え時期に、江部乙東丘陵、りんご園となる地帯に、とうとうと流れているかんがい溝は、その頃できたものである。

江部乙土功組合（現在の土地改良区）の設置が認可されたのは、大正十年八月であった。

3. 現住の屯田家屋

木下さん宅から、さらに東に登り、今もなお屯田家屋に、かなり改造はしたが、貫（ぬき）・梁（はり）はそのままで、息子さん家族と住んでおられる渡辺喜代一さん（明治二十五年生・八十五歳）宅に伺った。

もうこの近傍に屯田の家は残っていない。柱やその他、楢（なら）の幹をちょうな（手斧）で、はつったままのもので、今もかんかん、いたって堅牢な材木で建てられている。家を建てる木材は、近在の立木を利用し、正式な兵屋は完成したら検定を受け、合格したものでなければ使用できなかった。一戸の建築費、金十五円也。

渡辺さん宅には、明治三十七年一月二日、ヨ小杉呉服店初売り出しのくじで当たったという立派な小だんすやその他、由緒ある物が数多く見受けられた。

江部乙屯田の人々は、明治二十七年五月五日、三隻の船で小樽港に上陸、翌六日、汽車といっても貨物輸送の無蓋車で空知太まで運ばれ、そこから徒歩で江部乙まで来た。今の国道十二号線は、駄鞍をつけた馬がぬかるみにはまり、脚を折るというひどい悪路であった。

入植したのは四百戸で、抽選により兵屋に入り、荒地一町五反歩が与えられた。

4. 伏古渡船場

東九丁目の奥から一路、石狩川の伏古渡船場に車をとばす。薄(すすき)ゆれる堤防で待っている鈴木記者の姿が、澄みきった秋空を背景に、遠くから望まれた。この石狩川沿岸道路は、昭和十年九月に竣工したが、それまでは毎年のように西方の水田地帯は水害をこうむり、ときには駅舎近くまで泥水が押しよせ溢れてきた。

また、開拓以来、約八十年間、雨竜との交通は渡船であった。その渡船場の待合小屋、船つき場跡を丹念にさがした。維草におおわれ、かつての道も定かでなかった。やっと崖くずれを防ぐコンクリート壁を見つけ、当時の所在がわかった。

馬車、トラックなども輸送した平型の渡船は両岸に張り渡されたワイヤーに、ロープを繋ぎ、水流を利用して運航していた。そのワイヤーの基点も見つけ出して、冬期は氷橋を花嫁御寮も馬橇で渡ったとか、ひとしきり昔話に花が咲いた。

氷橋は、川がすっかり結氷してしまう十二月末頃、渡し守はスコップで氷の上に雪を盛り、水をかけ、柳の枝を張り、また雪をかけ……という要領で氷を厚くしてつくった。穀物を満載した馬橇も、どんどん走り、周囲の氷が解けても、なんとか人だけは渡れた。三月末まで氷橋は使えた。江竜橋の架橋着工は昭和三十三年八月で、竣工落成したのは同四十年九月である（幅員六ハメートル・全長八百八メートル）。

5．江部乙旧停車場

西十一丁目の旧停車場跡は、これという目印もなく、一面雑草生い茂り、一同見当がつかない。「ここらだ」「いや、あっちらしいよ」と論議したが、「駅舎といっても海水浴場の仮停車場みたいなもので、この土盛りしたここに間違いなし」と、早弓さんはがっちり両脚をふまえて断定される。

早弓さんは少年時代によく来たところであるし、後年たびたび踏査していたという。私は、そこに立っているコンクリート電信柱の「上１３５」という標識を目印にしてきた。

明治三十一年七月（八十年前）に、空知太から忠別太（旭川）まで開通された約五十八キロメートルの鉄道は、当時上川線と言われ、北海道炭鉱鉄道株式会社の営業であった。開通と同時に駅舎は西十一丁目に設置されたが、同所は湿地で、道路開設などには不適当な泥炭地、飲料水も不良で、駅舎としては不便なため、明治三十四年に現在地に移転した。

6. 十一丁目の沼

旧停車場跡から鉄道にあがってみると、西方の沼に鴨がゆったり泳いでいた。近づくと飛びたって、その二、三十羽は列になり輪になり、私らが遠ざかるまで空中旋回していた。鉄道が開通し、停車場の落成したお祝いに、この沼の一角に仕掛け花火の装置をして、当時としては珍しい打ち上げ花火が盛大になされたという。そのときの村民の賑わいはたいへんなものであったそうな。その装置がつい最近まで残っていたのだが。

「この辺一帯はひどい湿地で、泥炭地だったのだ。このような美田になるとは思わなかった」

「西は、山並遠くに、石狩川までの広々とした景色。東は、はるかに広がるりんご園が眺められるこの記念の沼に、東屋などを建て、町民の憩いの場としては、どうだろう」と話がつきなかった。

7. 屯田兵射的場

東十三丁目と十四丁目のりんご園道路の中ほどに、町開基七十周年を記念して、江部乙屯田親交会が建立した射的場の碑があった。建立後道路が拡張改修されてその碑は新道路より二メートルほども下になっており、雑草の茂る中にやっと見つけ出した。

当時、演習は西側道路から、東方の山岳地帯に向かって、実弾で射撃したものと思われる。射的場の面積は、百六十六ヘクタール（幅四十間・長さ百二十五間、即ち一戸分。一町六反六畝）であったという。

碑は避路からよく見える場所に移動したらいいのではないかと、適当な場所をみんなで選定してみた。

8．東十三丁目の澱粉（でんぷん）工場

射的場の西側道路ぶちに、小さな澱粉工場があって、当時、農家で生産される馬鈴薯（通称五升いも）を澱粉に製造していた。

昔は村内に、沢水を利用して、随所に水車動力の澱粉工場があったが、ここの経営者は坂根さんという老夫婦がやっておられた。坂根さんは島根県人で、早弓さんの父と同県人であった関係上、親しく交際していた。早弓さんはまだ小学校に行かない頃、よく父の馬鈴薯をつんだ馬車に乗って行き、澱粉の二番粉で作った団子の入った味噌汁をご馳走になり、それがとてもうまかったことを覚えているという。

当時（約七十年前）、澱粉は高級な食品として取り扱われ、時折、子どもたちのおやつに、澱

粉を熱い湯でかいて、砂糖を入れて食べる『でんぷんかき』が、非常に喜ばれた。また、二番粉のかたまりを、薪ストーブの中に入れて焼いたものも、こうばしく、あまく、とてもうまかった。なつかしい、忘れられない味であった……と、他の人も述懐されていた。

9．西十三丁目の沼・魔の踏切

西十三丁目の魔の踏切を越えて、底なしの沼に出た。この踏切では、よく轢死（れきし）があったし、子どもの頃、「十三丁目の沼」と言えば、ぞっとするほど怪談が数多くあった。

沼を眺めながら、早弓さんが話してくれた怪談が、その後そのまま、道新『空知むかしばなし』のシリーズに、「十三丁目沼の怪」として、二回にわたり発表された。この怪談は、別稿にさらに詳しく執筆されているので、それをご覧いただきたい。

10．上川道路―十五丁目の旧道

現在の国道十二号線の源、「上川道路」は、岩見沢から市来知（三笠）をへて忠別太（旭川）までの九十四キロメートルは、明治十九年（一八八六年）に着工され、同二十二年に竣工した。この道路工事は、高畑利宜がアイヌ人および労働者を引き連れて、仮小屋を設け、測量設計にあたり、作業は樺戸集治監（しゅうじかん）の囚人をして行わしめた。

当時は、空知地区に和人（内地人）の居住する者が少なく、空知太停車場附近にアイヌ人が十戸ばかり住み、セツカウシという人が総責任者として権威を揮っていたに過ぎなかった。そこには狐狸熊が棲息し、樹木うっそうと茂り、大きな熊笹が密生していた。

開通した当時の道路は、雨が二、三日も続けば、泥濘(でいねい)は馬の腹までぬかり、人間は膝を没する状態で、現在二時間余りで歩ける行程も二日間も要するという悪道であった。

しかし、本道内陸部へ通じる本格的道路として建設され、開通後は本州からの民間移住団や屯田兵が大いに利用し、上川、空知地方繁栄の基礎となった。

その上川道路の旧道が、十五丁目「三里塚」附近に残っている。

11.「三里塚」と不幸な事件

滝川市には、国道十二号線に坂と名のつくものは、滝川市街北端に「一の坂」があり、四丁目に「二の坂」、九丁目坂、十・十一丁目にもあるが、最も難所とされたのは、十五丁目の「三里塚」と、十七丁目の「熊の坂」である。急坂なこの二つの大きな坂は、交通上一大支障であった。

この二つの坂と、通り十二丁目から基地に通ずる各道路の切り下げ工事が、昭和七年十二月頃から翌年三月末まで、凶作不況のための救農土木事業として行われた。

現場ごとに数十名の男女が参加、中には市街地からも出役、現場ごとに監督者、本職の労務頭などがついた。レールを敷きトロッコ五、六台を使って土砂を運搬する作業で、日数をきめて、交替制で行われた。

不幸な出来事は、「三里塚」の切り下げ現場で起こった。トロッコ一台に四、五人くらいで土砂を積みこみ、所定の場所に運搬する作業中、鈴木友一さんは自班の作業が終わって、皆と休憩しようとしたが、他班の一台のトロッコ車の作業が遅れていたので、これを手伝った。ところが、突然かなり広範囲の土砂崩れが起こり、その班の上出さんもその下敷きとなって、ついに二名は圧死した。

ときに昭和八年二月二十六日九時十分頃のことである。

犠牲者となった鈴木さんは当時三十一歳、青年時代からのマラソン選手で、方面大会などに出場し、優秀な成績をあげていた。石川団体入植者清蔵さんの二男であった。

もう一人の上出さんの生業は畳屋さんで、今の吉沢時計店のあたりに居住されていた。主人死亡後、家族の方たちは赤平に転出し、後に北見方面に行かれた由。

この現場の責任者は、村議虎谷宗一郎さんと聞く。

鈴木友一さんの弟清一さんの話では、村からも見舞金が出たそうだが、災害による補償金の支払いはなかった由。また同現場に出役中の人たちが、三十銭から五十銭くらい出し合って、見舞金として二十五円ほどもらったという。

この救済工事の賃金は、一日金五十銭であったと聞く。

しばし「三里塚」に佇み、一同は若き青年の犠牲に胸を痛め、ご冥福を祈る。

現在、立派なアスファルトになり、北海道の重要な交通路となっている国道十二号線も、開発途上には幾多の忘れがたい歴史が刻み込まれているのである。

12. 十六丁目のお稲荷さん

このお稲荷さんは、明治四十年頃（七十年前）、十六丁目東奥地に、久松邦治、川付羊治さんらが発起人になって、お宮を建立し祭ったが、現在の位置（十六丁目、国道十字路西側）には、昭和四十年に高石組によって移されたと、案内の島津国宝さんが話してくれた。地神宮も、その道路わきにあり、毎年春（四月五日）、秋（九月五日）の祭は、昔ほどの賑やかさは見られないが、集落住民の楽しみな行事になっている。

お稲荷さんの前に大きな柳があって、この日陰が、祭のときはたいへん結構な役を果たしてくれたが、国道が舗装整備された折、住民の要望で太い幹だけは残されたが、なんともいたましいことだったと、こぼしていた。

13. 石川団体分教場

東十九丁目奥の石川分教場に行く途中、森井豊明さん（明治四十四年生・六十六歳）宅に立ち寄ると、ご夫婦で収穫の始末をされていた。

案内を頼むと気安く承諾され、車に同乗、かなり走って分教場跡に着くが、一面広々とした牧草地でなんの目印もない。

「この辺に、大きな石を記念に置いてあったのだが、誰か投げてしまった」と言うので、小島さんは周辺をたんねんにさがし廻ったが、それらしい石は見当たらなかった。

石川団体（詳細後記）の居住地は、ここから四キロメートルほども奥地で、児童は通り十八丁目の第二小学校（後に東陽校と改称）に通学するのは、道が悪く遠路、すこぶる困難、不便であった。

そこで、集落の有志が分教場設置を決議し、団体の奉仕によって校舎を建築、寄付した。

・大正七年十一月十日　開場。

・在籍児童　三十八名。

・代々の就退任教員

中村　誠（大正八年十一月十一日～同十年五月十五日）

木村専造（大正十一年五月二十日～同十二年五月二十五日）

坪井広吉（大正十二年七月五日～昭和二年三月三十一日）

児童は第二小学校（本校）で入学式をして、一年から四年まで分教場で習い、五、六年は本校で勉強した。しかし、三年生で終わった者もいた。

分教場は一教室と廊下を隔てて、先生の住宅になり、その一室で奥さんが和裁を教えていた。

鈴木清一さん(後記)は、学芸会とか運動会などについての記憶は特にない、と言う。学校のストーブの薪切りは、集落の何戸か宛が当番制で作業奉仕した。

分教場の附近に、藤田詮季さんが、日用品・雑貨類、とうどうさんが衣類を扱う店をやっていてたいへん便利をした。

児童は、山を越え、沢を渡り、細道をかきわけて、夏はわらぞうり、冬はマントを着て、わらぐつ(つまご)をはき、胸までの雪をこぎながらの登下校……スクールバスで通学している今の児童には想像もできない難儀な日々であったたであろう。

この分教場も、別項の事情で、昭和二年三月十一日に閉場した。この間、約十年であった。

ここから、新設された丸加山展望台を、はるか南方に望むことができる。

近頃でも、この附近では時折、熊が出没し、現在滝川の郷土館展示室入り口にある巨熊(もと江部乙公民館にあったもの)も、昭和三十七年にこの地域で射とめたものである。

14. 石川団体居住地とその当時の生活

空知支庁管轄の下に、石川県人が集団で、東十九丁目奥に入植した年次は不明だが、鈴木清一さん(六十四歳)の話では、父清蔵一家が入植したのは明治四十五年で、彼は三男として、大正二年にその土地(一番奥の二股というスママナイ川の上流のかみ)で出生したという。この地域は山林奥地のため、農耕地としての成功検査に合格するものが少なく、また畑作が従来のような農業組織上から不安定となり、多くは途中で（伐木作業中）開拓を断念放棄して他の土地に移った。

分教場も昭和二年三月末に閉場されている。

（『ゆうべおっと』第十三号）

駅前通り・中央公園物語

1. 駅前通り

私の生涯で一番よく歩いて、思い出の深い道路は、駅前から国道十二号線に出るもと「榛外（はんがい）通り」と呼ばれた「駅前通り」である。

今は駅前駐車場になっているが、もとはそこにモリモト薬舗（博愛堂）があって、私はその家で大正四年に生まれ、育った。北辰尋常小学校に六年間、長じてその母校に教員として三年間、復員して北辰中学校に十七年間通った道である。応召までの二十三年間は、その店が自宅であったし、復員してからも同じ通りの、もと国保病院、今は保育所前の自宅で、三十六年間も暮らしているのであるからなつかしいはずである。

そのモリモト薬局が、明治末期から四十数年駅前で薬屋をして、市街農協近くに転居したのは昭和二十七年。その直後稲田から来られた平岡平治（兄）さんが、薬関係を除いて店を継ぎ、昭和四十七年から五十四年まで平岡利平（弟）さんが経営された。

そして五十四年夏、七十数年の歳月を経た店舗と住宅は姿を消し、市の「駅前駐車場」になった。

私の小学校時代（大正の終わり頃）の駅前通りは、駅のまん前（南側角）に玉置旅館が一軒あって、あとは葦原湿地帯で家がなく、国道近くになって、吉田ナツ（髪ゆい）・郡山慶三郎・今井栄太郎・高橋歯科医・紙谷精次郎さんの家があった。北側の角には、森本博愛堂（市太郎）・宮城家料理店・榛谷清水医院があって、国道近くに前田玉突場、角に大崎秀吉さんの家があったぐらいである。

この道路に側溝が掘ってあったが、低地であり、雪どけの季節や雨が降ると、大きな水たまりができ、ときには側溝があふれ、水害の様相を呈した。特に道路の途中がひどく、長靴でも気をつけて歩かなければならなかった。砂利をよく敷いていたが、ひと冬もすると砂利は道路に吸いこまれていた。そして、年ごとに敷く砂利で、道路は徐々に高くなり、どろどろの側溝はますます深くなり、昭和二十年後半の頃、汽車の発車汽笛に馬車馬が驚き、あばれて走りまわり、通りがかりの幼女が、はねられたか飛びのいたかのはずみで側溝に落ちこみ、不慮の死に追いやった悲惨な事故があった。

昭和三十五年頃から、この道路にも年ごとに自動車が数多く走るようになり、悪路はさらにひどくなった、町内では三十六年度以降、機会あるごとに陳情要望をしていたが、三十八年春に「駅前通り整備促進期成会」が組織され、会長に水林春実、副会長坪田末吉・松浦暉明さんと、ほか役員十四名が運動を展開して、三十九年十一月に道道昇格が決定した。駅前から国道十二号線まで四百三十七メートルは、翌四十年春に舗装を開始して、九月竣工の単年度で完成されている。これで市街地の道路らしくなり、町内はひときわ明るくなり、安心して歩けるようになったのであるが、その後も長雨のあとは、きまって道路に水があふれ、悩まされた。

昭和五十年八月に台風六号の集中豪雨で水害、続いて九月の秋祭には低気圧集中豪雨で、市内の河川氾濫で仰天した。やや高地にある私の家にも、水は刻々と押しよせ、水かさを増し、ついに床下浸水、階下のピアノは脚を洗うまでになった。この水害の心境、まことに不安で不快なことであった。低地に家を持った方は、まだまだひどい被害をこうむった。この水害があってから問題化し、町民は適正な河川整備を強く要望、五十四年十一月から五十六年十一月にかけて、中央川の整備が本格的になされ、長い間の悩みは解消された。「この道路で、駅の跨線橋から国道十二号線まで、買い出しを含めた旅客が列をなして賑わったのは、終戦後の何年かの期間、りんごの出廻期によく見かけた光景である」と。（昭和五十八年・文団協三十周年記念式典にて、吉田恵医師祝辞中、談）

2. 中央児童公園

大正末期の「駅前通り」は前述のように、駅舎前と国道近くに数軒の家があるだけで、昭和になって徐々にふえたが、その途中は葦や野草の繁茂した湿地帯で、子どもは昼でも、ここを通るのが淋しく、いやがった。特に沼（今の公園附近）を通るときは、走りぬけたものである。

というのは、今も昭和二十九年の台風十五号で残った大樹が数本あるが、当時はそのような大樹がびっしり茂っていて、昼なお暗い草木の中に、どろっとした沼が静まりかえっていた。子どもは「蛇の枕」と、気味悪がった水ばしょうが怪しくたくさん咲いていて、事実大小の蛇を見かけたし、烏（からす）の巣も数多く、その烏の群れをなして鳴きわめく声、それに夕暮れからは、すさまじい蛙の鳴き声も、いっそう不安と恐怖心をかきたてたのであろう。

昭和の時代に入って、その沼のある周辺を開発し、市街の憩いの場、公園化しようとの気運が強まった。そして、どろっとした沼が、池らしく変貌したのは、山本昌平さん（自転車店・孝一さんの父）が、沼整備の責任者として大活躍された賜物であった。作業は厳寒期をねらって、雪を除き、凍ったどろどろを、何台もの馬橇に積みあげて、沼の底が固くなるまで運び出したという。

これで川水も流れこみ、余水は流れ出るようにしたので、やがてボートも数艘浮かび、中島に太鼓橋もつき、長椅子も配置され、やっと憩いの場となった。また「子どもらの泳ぐのも見かけられ、ときには大正楼の酌婦さんらも、腰巻き姿で泳いでいた」という。（昭和六年頃、池下肇さんの目撃談）

沼であった当時は、田螺（たにし）がたくさんいたが、今はどうか。最近でも釣り人の姿は絶えない。そして毎夏、商工会・地区労主催で釣り大会の行事も行われ、賞品がつくので釣り好きの子どもたちを楽しませている。

戦前は、青年団の陸上競技が格別に盛んであった。昭和十年八月、青年団の中央支部（市街地の青年）が、結束を固める一方策として、公園の広場をグラウンドにして、音江町須麻馬内の青年団と、陸上競技の交歓会をやろう、ということになって、そのための整備作業を何日か続行した。中央支部は結成されて間もなくで、団員は張り切って出席率よく作業をした。その頃、私は支部長であったと思う。

開催日は絶好の日和で、人出も予想以上にあって、大いに楽しみ、張り合いのあったことを記憶している。

〈その頃、青年団主催の各支部対抗の陸上競技大会は、全村あげての人気ある最大行事で、独特な雰囲気があった。各支部の選手は、開催のひと月ぐらい前から、仕事を早めに終え、夕暮れになると小学校のグラウンドに三々五々に集まって、熱心に練習をしていた。そして、当日は支部ごとに作った丸太の小屋掛けに陣を取り、旺盛な対抗意識に燃えていた。さすが選手は紳士的であったが、一部の一杯機嫌で応援に気合いの入り過ぎた父兄が、なにかとイチャモンをつけて、他支部と口喧嘩をしたり、ある年はなにか不満を表明して、会の途中で支部全員が引きあげたりしたこともあった。観衆はこの殺気立った応援の光景にも、異状な興味を持っていたかに思う。私は短距離選手として、専ら走ったが、終わってから優勝旗をかかげ、優勝カップなど手にして市内を祝賀パレードし、慰労会に臨む気分は格別であった〉

またこの公園で、昭和十三年の夏、「江部乙小唄」の振り付けができて、その発表披露が行われた。振り付けと指導は、市川市猿師（しえん）（手嶋さんの親戚で、東京在住・柏流の師範・当時二十六歳）で、踊り手は専光寺游塵会の娘さんがたであった。大きなしだれ柳のもとで、優雅に踊られた師の面影が忘れられない。

さらにこの公園で、その後輓馬（ばんば）競走がなされて、せっかく整備したグラウンドがダメになると、市街の青年がブツブツくやしがっていたことを思い出す。

戦後、何年かたって市街の盆踊りは、小学校の校庭で、大きな輪を二重、三重にして踊っていたが、この公園で賑やかになされるようになったのは、昭和四十年代になってからであろうか。そして、盛会なビールパーティーも、農村環境改善センターの多目的ホールができるまでは、ここで開催された。主催者は、楽団・カラオケ用のステージ作り、机と椅子の準備など、たいへんなことだったと思う。

この公園の、特に池のまわりが整備・美化されて、一段と公園らしくなったのは、昭和五十五年六月から八月にかけて、「滝川市農村総合整備モデル事業」の一環としてなされた工事による。

さて名称のことであるが、沼が池になった昭和の初めから、私たちは「中央公園」と呼んでいた。しかし、町で公園と認めたのは昭和三十四年四月で、「中央児童公園」と命名したのは昭和四十三年八月であったとのことである。

最近耳にしてびっくりしたことがある。それはこの頃、小・中学生の間で、この公園を専ら

「水色の公園」と、呼んでいるそうである。私はその話を聞いて、とっさに連想したのは、高木東六作曲の「水色のワルツ」で、これはなんともロマンチックな名称だ、さすが現代っ子のセンスは――と、感心してはみたものの、なぜ「水色の公園」なのか、その理由は定かでない。一説には「その呼び名は既に五、六年前からで、その頃一時水がたいへんきれいであったことからではないか」と（平岡涼さん談）。

現在、池は市街地域の防火用水としても、重要なものになっている。

終わりに、今は跡かたもなく、年配の方は「そうだったナー」と頷き、若い人なら「へェー」の話で結びたい。

現在の「駅前通り」は、両側に各種商店・飲食店・住宅がびっしり建ち並んでいるが、昭和十二年から十五年頃まで、今の桔梗商店からわかば食堂までの北側空地に、道路から八メートルくらい離れて「江部乙養狐場」があった。金網の狐舎が二列でずらりと並び、板塀でかこってあった。中央に三角屋根の製楼があり、厳寒期には〽コーン、コンと冴えた声で鳴いていた。

もう一つ。戦後の二十三年暮れから二十八年まで、今の食道楽あたりは、樺太から引き揚げられた人たちによって、各種の店による市場が開設され、たいへん繁昌して、日夜賑わっていた。

（昭和五十九年十月二十六日　『ゆうべおっと』二十一号）

旧公民館の思い出と新館でほしいもの

旧公民館の落成

実に待望を重ねた旧公民館が落成したのは、昭和三十八年であった。しかし、補助・起債などの関係で、公民館活動ができる構造で建設されたものであるが、昭和四十六年までは江部乙町体育館という名称が用いられていた。

この体育館ができるまでの大きな公開諸行事は、北辰小学校・北辰中学校と栄楽座で催されていた。それにしても文化活動の場として、文芸部門の学習例会、書道・絵画関係の研修会、民謡・詩吟・舞踊・音楽などの週ごとの練習には適当な会場がなく、全く不自由をしたものである。

文化祭の諸行事

江部乙町文団協が創立されたのは、町開基六十年記念式典、祝賀会が盛大に挙行された、昭和二十八年である。この年から文化祭的諸行事は、北辰小・中学校を会場として年ごとに盛んになった。

そしてこの頃から各単位団体の活動が一段と活発になって、公民館の設置を、文化団体ばかりでなく、町民それぞれの立場で熱望したものである。

しかし、町としては諸般の事情で、町民の強い要請に対して早急には応えられず、文団協創立後十年目、三十八年に竣工・落成をみたのである。

その体育館建築に至るまでの並々ならぬ苦労の懐古談は、江部乙公民館新築起工式（昭六十・八・六）に先だって開催された「旧江部乙町体育館・滝川市江部乙公民館感謝のつどい（七・二十三）」の式次第中の〝思い出を語る〟で、もと町議会議長前田春市氏、もと町助役小杉芳三氏から詳細承って感動を深くした。

町体育館ができて、町教育委員会が役場から移り、老人クラブも神社社務所から早々に階下和室に会場を移し、待っていましたと、結婚祝賀会や文武両道の場として数多く使用された。町民多年の宿願が達せられて、当時の喜びは忘れられない。用途変更で四十六年から公民館の名称になった年の、室別使用人員数の記録によれば、階下講堂は二万一千八百七十六名、全館他室を合わせ四万五千百三十五名が利用している。そして、公民館・市民講座として幼児学級・料理・着物着付け・詩吟・民謡・舞踊・ママさんコーラス・柔道・剣道、その他では滝青協・婦人会・農協婦人部などの会議などにも使用、社会教育団体・社会福祉団体も数多く利用していた。

農村環境改善センターでの発表会

昭和五十一年十月に、改善センターの一期工事が完成し、江部乙支所は同センターに移転し、明るい二階のホールは、大勢の会議・講演会・各種の祝賀会・発表会などによく使われ、公民館と相まってたいへんに便利になり、不自由をした往時を思えば喜びを禁じ得なかった。

私の主宰する「たんぽぽ音楽会」の恒例定期発表会は体育館ができて以来、その階下のホールで開催していたが、改善センターの新築記念に、開館二年目の初夏に、二階のホールで開催させてもらった。

しかし、グランドピアノを、そのまま狭い階段をあげることができず、脚などを解体し、ピアノ本体を縦にして、蒲団を敷き、引きずってのあげおろし作業には、ピアノ運搬の専門業者も閉口していた。ホールの雰囲気、音響もよく申し分のない会場であるが、グランドピアノの搬出入が難儀なうえ、横のものを縦にして無理な移動のため、音がひどく狂って、会場に搬入してから演奏前の調律、終了して自宅に運搬してからの調律する時間とその費用は予想外であった。

そして、この気分のよい会場での恒例発表会は、残念ながらピアノにこりて、この年限りであった。

ちなみにピアノの運搬費のことであるが、五十二年に改善センターの多目的ホールができてからは、文化祭の菊花展・農産物の品評会はここを会場とし、芸能発表会は公民館の階下ホールで催されている。毎年、ピアノは江部乙小学校の縦型ピアノ（重量二百二十キログラム）を借用しているが、この運搬費は、かなりな高額である。調律費は別。グランド（平型）ピアノは、重量が三百キログラム以上で、取り扱いが面倒なため、縦型より数割高いのである。

二台のグランドピアノ

「なんだとォ。おかしいじゃないか、公民館には、たしかグランドピアノが二台もあったぞ」と、いぶかる方もおられると思うが、体育館当時からある一台は、昭和二十六年にＰＴＡから寄贈された北辰中学校のもので、毎日の授業、部活動などで二十数年間、存分に使われて、名誉の生涯を送り、修理もきかないガタガタの老兵、演奏不可能な品。もう一台は、ある営業をしている店で、永年にわたって毎日長時間使いまくったもので、ポンポンではなく、コツンコツンと音のするしろもの、修理に修理を重ねたしろものの寄贈品とか。チョッとの練習には使えても、演奏会には全く使えないのである。

「グランドが二台もある公民館」と聞けば、まことに恵まれぜいたくなようだけれど、旧軍隊生活をされた方なら思い出すと思うが、員数としての二台である。使いものにならなくても、旧軍隊での定期検査には、員数がそろっていれば、検査官は「よし」と、とがめはしなかった。

旧公民館の思い出も、楽しかった各種の催し、文化祭の芸能大会、階上和室での文化祭反省・懇親会、新春交礼懇話会などなどは忘れられないが、音楽会とピアノのことになって、ついついぐちっぽくなってしまった。毎年、文化祭になるとピアノで苦労し、余分なお金がかかり、ふだんもピアノを使う音楽行事は、「おい、それっ」とは開かれない。また、やっとできた女声合唱グループ「コーラス　アップル」も、五年間の活動で、本年解散になった。これも毎週の練習に前述した後者のピアノを借りれば、市の公民館条令で使用費がかかり、運営がむずかしくなったと、団長さんが情けながって、こぼしていた。このほかにも理由があるとは思うが、残念なことである。

「継続は力なり」と、私も二十余年間、毎年自宅のグランドピアノを公民館に運んで、発表会を続けたが、そろそろ大儀になってきた。――これは古稀を過ぎた歳のせいか。いやいや、今や人生八十年の時代、生涯学習のつもりで、まだまだ頑張りましょう。

たまたま、この思い出を書いていた十月二十四日の朝、道新で「赤平少年少女合唱団設立を支援――色紙を書き六十万円――ピアノ購入などに寄付」という、赤平出身の書道家・石飛博光さんの記事を読み、感嘆・羨望これ久しいものがあった。

新しくなる公民館

市長さん始め関係各位の格別なご配意とご尽力により、野外ステージつきの公民館が新築されることになり、ほんとうにうれしく、心から感謝申し上げている。

八月上旬の着工以来、つとめて工事現場を通り、設計図を囲み検討し合った日を思い出し、工事進捗の様子を楽しんできた。明春早々には、開館の運びになるという。落成祝賀会当日の、晴ればれと喜びに満ちたみんなの顔が目に浮かぶ。

（昭和六十年十月三十日）

思い出写真館

戦時中（左側が幹夫）

昭和18（1943）年、幹夫29歳（結婚当日）

昭和35（1960）年1月、
家族そろって晴れ着姿

昭和46（1971）年8月、
黒田家庭園にて

昭和47（1972）年、作品演奏会で指揮をする幹夫

長女のえみ子がバイオリンを担当（幹夫の向かって右側）

昭和58（1983）年1月、自宅前にて妻文子と

昭和60（1985）年11月2日、文化団体発表会にて妻文子と

昭和60（1985）年3月、孫（えみ子の長男）と遊ぶ（ピアノ室にて）

平成2（1990）年2月、「森本幹夫作曲碑」除幕式の文子
碑には幹夫が作詞作曲した「新江部乙小唄」が刻まれている

新 江 部 乙 小 唄

Moderato ゆったりと情緒をこめて

森 本 幹 夫 作詞 作曲

mf
かーわは ーいしかり こおりばーーー し
mp
とーける ーうわさーに ばそりもゆ れー て
f
ゆーれる ーばそりにゃ はなよめご りょー う
mp
さーいて ーみおくる ねこやーな ぎ
f
はーるの ーえべおーつ よいとこーーー ろ

新江部乙小唄

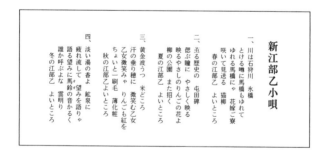

一、川は石狩川　氷橋
とける噂に馬橋もゆれて
ゆれる馬橋にゃ　花嫁ご寮
咲いて見送る　猫柳
　春の江部乙　よいところ

二、薫る歴史の　屯田碑
偲ぶ瞳に　やさしく映る
映るやさしのりんごの花よ
柳の公園　また招く
　夏の江部乙　よいところ

三、黄金波うつ　米どころ
汗の垂り穂に　微笑む乙女
乙女微笑みゃ　りんごも紅を
ちょいと一刷毛　薄化粧
　秋の江部乙よいところ

四、淡い湯の香よ　鉱泉に
疲れ流して　望みを語りゃ
語る望みに馬鈴の音かるく
誰か呼ぶよな　雲明り
　冬の江部乙　よいところ

この歌は昭和２８年、江部乙開基６０周年記念入選作で『江部乙音頭』（嘉見光義作詞）とともに発表さた町制定歌、式典には札幌放送管弦楽団の演奏で発表された。

北千島兵団歌

長沼静人作詞
森本幹夫作曲

力をこめて豪快に
♩=104～108

北方節

手拍子にあわせて、ゆったりと。

編者注　この2曲は戦地（北千島・カムチャッカ半島近くの幌筵島）でNHK取材班が録音してくださり、全国ラジオ放送されたほか、レコード化もされました。

著者プロフィール

森本 幹夫（もりもと みきお）

大正4年　北海道江部乙村生まれ
昭和7年　庁立滝川中学校卒業後、代用教員となる
昭和13年　戦地へ応召（～昭和23年まで）。終戦後3年間ソ連抑留
昭和23年　復員後、教員として復職。「たんぽぽ音楽会」結成
昭和36年　北辰中学校オーケストラ部を松浦欣也氏と結成
昭和41年　深川中学校へ転勤
昭和50年　退職
＊この間、地域文化団体・音楽教育研究会等の創立と運営に携わる
＊教育実践奨励賞、地域の文化活動奨励賞・市政功労奨励賞受賞
昭和60年　脳梗塞で他界

編者

森本 えみ子（もりもと えみこ）

昭和26年　北海道江部乙町生まれ
昭和49年　北海道教育大学札幌分校特設音楽課程卒業
　　　　　石狩管内の教師となる
平成22年　退職
現　在　北海道江別市在住、音楽関係の活動を行っている

ソ連抑留者の音楽人生

2024年4月15日　初版第1刷発行

著　者　森本 幹夫
編　者　森本 えみ子
発行者　瓜谷 綱延
発行所　株式会社文芸社
　　　〒160-0022　東京都新宿区新宿1－10－1
　　　　　電話　03-5369-3060（代表）
　　　　　　　　03-5369-2299（販売）

印刷所　図書印刷株式会社

ISBN978-4-286-24852-3